정신과 의사의 서재

정신과 의사의 서재

흔들리지 않고
마음의 중심을 잡는
책 읽기의 힘

하지현 지음

ΪNFLUENTIAL
인 플 루 엔 셜

차례

2장 텍스트의 소유

3장 어쩌다 보니 작가

4장 많이 읽어보니 알게 된 것들

5장 이런 책을 권하고 싶습니다

마음의 코어 근육 만들기

─────────────── 퍼스널 트레이닝을 받을 때나, 운동 관련 유튜브에서나 늘 강조하는 것은 코어 근육이다. 스쿼트나 플랭크를 포함한 모든 운동은 코어를 강화하는 것이 처음이자 끝이다. 코어가 튼튼할수록 몸은 단단해지고 웬만한 외부의 충격에도 무너지거나 흔들리지 않는다. 상담을 할 때 나는 이 지식을 활용하고는 한다. 몸이나 마음이나 코어가 튼튼해야 하는 건 마찬가지다. 특히 우울이나 불안으로 힘겨운 사람들을 치료할 때 이렇게 근육을 키우는 것에 비유하면, 굉장히 잘 알아듣고 치료의 목표를 더 잘 이해한다. 마음의 코어가 허약하면 누가 툭 치기만 해도 넘어질 것 같고 통증과 상처가 며칠씩 이어지기도 한다. 자아의 힘이라고 부르기도 하는 마음의 코어가 강해지면 달라진다. 누가 뭐라고 해도 여간해서는 흔들리지 않는다. 전에는 외부의 자극이 모두 급소만 때리는 고수의 예리한 주먹 같았다면 지금은 어깨를 살짝 건드리거나, 등짝을 툭 치는 정도다. 살짝 아플 뿐 데굴데굴 구를 정도는 아니고 아픔도 덜 지속된다. 짜증은 날지언정 그것이 회복하지 못할 상처를 주는 것은 아니다. 이렇게 마음의 코어가 강해짐을 확인함으로써 마음이 회복되고, 성장하는 걸 알 수 있다.

깊은 상담만 코어를 강화하는 것은 아니다. 책을 읽는

것도 좋은 수련 방법이다. 나는 내 마음의 코어를 단단히 하기 위해 책을 읽는다. 독서를 통해 코어가 강화되는 경험은 결국 책을 통해 내가 깊어지고 넓어지는 과정이다. 전에는 이해하지 못하던 것을 이해할 수 있게 되고, 지식을 통해 이치를 깨달으면서 세상에 대한 인식이 깊어진다. 타인의 관점을 열린 마음으로 받아들이고 내 관점의 편협함이 깨진다.

"뭐 저런 인간이 다 있지?" "저 사람 이해가 안 가" 같은 무심한 말들, "세상에 어떻게 저런 일이 벌어지지? 화나고, 무서워"라는 납작한 표현들을 덜하게 된다. 이 세상이 그렇게 평면적이고 얕은 곳이 아니라는 것을 책이라는 간접 경험을 통해 체험하게 되기 때문이다.

물론 나를 둘러싼 모든 것을 다 알게 되고, 벌어지는 일들을 모두 통제할 수 있게 되는 것은 아니다. 그러나 이 사람이 어떤 윤곽을 가진 사람이고, 왜 선을 넘는지, 그 행동을 하는 맥락이 무엇인지를 이해하면 한결 대범하게 대할 수 있다. 그것이 내 마음의 코어가 된다. 세상의 옳고 그름에 대한 여러 가지 내 믿음들은 책을 읽으면서 어이없을 정도로 쉽게 깨져 버린다. 내 눈으로만 보는 세상이 얼마나 편협하고 좁은지 금방 깨닫게 된다. 넓어진 시야는 세상을 보는 눈을 다중화한다. 몰랐던 것을 알게 되며 보이지 않는 것도 이해할 수 있는 눈이 생긴다.

물론 계속 지식을 흡수하는 데 치중하다 보면 자칫 '내가 다 알아', '모든 걸 설명할 수 있어', '내 말이 옳다'는 자의식의 구덩이에 빠질 수 있다. 오만은 편협한 신념으로, 나와 가치관이 다른 사람을 배척하고 공격하는 파벌적 태도로 전환되어 '우리'가 '그들'로 된다. "나는 맞고 너는 틀렸다"는 위험하다. 내가 좋아하는 것만 파고들다 보면 어느새 내 세계관을 보강해주기만 할 뿐 편견의 영향을 받고 있는지 알아차리지 못하게 된다. 특정한 근육만 비대해져 몸의 균형이 깨진 것과 같다. 다양한 독서가 필요한 이유는 내가 보고 싶은 대로 보는 의도적 합리화와 보고 싶지 않은 것은 무시하는 편협함에 빠지지 않도록 스스로를 지키기 위해서다. 책을 읽으며 코어는 단단하게 하되 동시에 편협한 오만함에 빠지지 않는 경계가 필요하다. 그렇다고 코어가 어느 정도 단단해졌다며 안주해서도 안 된다. 세상은 유동적이고, 내 사고의 틀도 언제든지 새로운 변화에 맞추어 적극적으로 반응해야 한다.

그런 면에서 나는 같은 책을 여러 번 읽는 정독법보다 여러 책을 동시에 읽어가는 다독을 선호한다. 정독은 좋아하는 분야의 책을 깊이 파고들어갈 때, 한 명의 저자를 깊이 이해할 때 도움이 된다. 경우에 따라 정독을 해야 할 때도 있지만, 나는 기본적으로 다독을 한다. 넓게 펼쳐진 저인망 독서는 편견에서 벗어나게 하고, 전지적 '나' 시점에서 세상을 보는 주관성 오류의 위험을 줄인다. 내가 객관적인 사람이라고 믿고 싶을수록 다독은 필요하다. 백 퍼센트 완전한 객관이란 없고 주관은 상대적이라는 것이 여러 권의 책을 넓게 펼쳐 읽을수록 빨리 와 닿는다. 나에 대한 믿음에 깊이 매몰되는 것이 아니라 거꾸로 자신을 의심하고, 다른 관점에서 내가 상식이라고 믿어온 것을 되짚어보는 것을 게을리하지 않을 때 마음의 코어가 강화된다.

시공간을 뛰어넘어 내 정신세계의 코어를 강화하는 독서야말로 내가 매일 할 수 있는 마음의 홈트레이닝이다. 코어가 강해질수록 나는 위기에 흔들리지 않고, 낯선 일에 당황하지 않고, 실패에 무너지지 않는다.

이 책은 지금까지 내가 마음의 코어 근육을 기르기 위해 해온 독서라는 수련 과정을 기록한 것이다. 책을 좋아하게 된 계기, 책을 읽고 정리하고 분류하고 관리하는 방법, 도서관과 책방을 순례하며 발견의 기쁨을 누린 기억, 책 속의 텍스트를 내 것으로 만드는 방법, 독자가 아닌 저자로서 책을 쓰기 위한 능동적 독서법, 읽은 책을 리뷰하고 추천사를 쓰는 과정, 책을 많이 읽다보니 알게 된 시시콜콜한 이야기들을 다룰 것이다. 마지막 장에는 그동안 내가 읽어온 책들 중에서 정신분석, 불안과 우울, 성숙, 일에 대한 태도 등 내가 좋아하는 분야에서 권하고 싶은 책들을 몇 권씩 추천해보았다.

이 책은 한 명의 독서 수행가가 거쳐온 여정의 기록이자, '안다'는 것에 오랜 호기심을 가진 한 사람의 궤적이다. 이 길이 정석이라고 생각하지 않는다. 수백만 권의 책들 속에 평생 읽을 수 있는 책은 한정되어 있고, 각자 자기만의 길을 만들어가야 한다. 부디 여러분들도 이 책을 덮고 난 후 자신의 인문 지도를 만들면서 마음의 코어 근육을 단단히 할 수 있기를 바란다.

1장
정신과 의사의 책 읽기

책을 읽다가 즐거워지는 순간 ────────────────

연결점이 없어 보이는 사실들이 알고 보면 서로 다
른 맥락에서 하나의 서사로 겹쳐지는 것을 찾아냈
을 때, 엄청나게 즐겁고 짜릿하다.

─────────────── 사람마다 책을 읽으며 쾌락을 경험하는 지점이 다르다. 소설을 좋아하면 스토리와 인물에 집중한다. 작가의 섬세한 장면 묘사에 감탄하기도 한다. 내 지인 중 한 명은 소설을 읽고 나면 마치 자기가 그 책을 쓴 소설가인양 한 시간에 걸쳐 줄줄 풀어낸다. 한번은 비슷한 시점에 같은 책을 읽었는데, 그저 좋았다거나 별로였다는 단순한 느낌만 남았던 나에 비해, 그 지인은 스토리와 인물에 대해 구체적으로 기억해서 신기했다.

돌이켜보면 나도 십 대까지는 소설을 읽을 때 비슷했던 것 같은데, 정신과 의사로 살아가면서부터 급격히 스토리와 인물에 대한 관심도가 떨어진 것 같다. 내가 하는 일은 타인이 살아온 인생을 듣고 그 사람의 인물 유형을 파악하는 것이다. 사람과 사람 사이에서 벌어지는 복잡한 긴장과 비틀어짐, 병리를 분석하고, 더 나아가 무의식의 세계까지 파헤친다. 픽션보다 더 픽션 같은 현실을 만날 때가 많고, 소설의 이야기가 그저 즐거움으로만 다가오지 않게 된다.

변호사는 법률드라마를 안보고, 의사는 의학드라마를 잘 보지 않는다. 집에 돌아와서까지 직장의 일을 보고 싶지 않아서다. 내가 소설을 덜 보는 것도 그런 마음이 아닌가 싶다. 아주 멀리하는 것은 아니고, 정신과나 정신분석을 다룬 소설은 궁금해서 들춰보고는 한다. 집단치료를 창시한 정신분석가 어빈 얄롬의 소설 《카우치에 누워서》는 피분석자에게 속아서 거액을 사기당한 정신분석가 이야기를 다루는데, 이 정도 임팩트가 아니면 딱히 놀랍지도 않다. 소설보다 더 소설 같은 내담자들의 이야기를 들으면서 살아가고 있으니 독서할 때 소설의 비중이 줄어든 게 아닌가 짐작해본다. 대신 지적 탐구의 즐거움이 소설을 대신했다. 많은 정보가 내 머릿속에 차곡차곡 오밀조밀 차나가는 것이 즐겁다. 고만고만한 책을 읽다가 첫 장부터 새로운 지식과 정보로 가득 찬 책을 만나면 가슴이 두근거린다.

책을 통해 지식과 정보를 얻는 것이 목적이라면, 인터넷 검색을 하거나 유튜브를 보는 것만으로도 충분하지 않을까? 아니면 사전이나 총서류의 책을 모으거나, 《1일 1페이지, 세상에서 가장 짧은 교양 수업 365》, 《1일 1클래식 1기쁨》처럼 단기간에 많은 정보를 주는 교양서만 봐도 되지 않을까?

물론 그것도 좋은 방법이지만, 나는 그보다 한 뼘 더 깊은 정보를 원한다. 정보와 정보가 서로 맥락을 갖고 연결되기를 바란다. 더 나아가서는 정보들이 모여서 하나의 서사를 만들어가기를 바란다. 연결점이 없어 보이는 사실들이 알고 보면 서로 다른 맥락에서 하나의 서사로 겹쳐지는 것을 찾아냈을 때, 엄청나게 즐겁고 짜릿하다.

얼마 전 데이비드 엡스타인의 《늦깎이 천재들의 비밀》을 읽었다. 늦게 커리어를 시작하거나, 전직을 하는 것이 꼭 나쁘지만은 않다는 것, 여러 가지 경험과 시도를 해보고 나서 진짜 하고 싶은 일을 시작한 사람이 더 성공한다는 주제를 담은 책이었다. 중간에 미켈란젤로를 예로 들었는데, 천재인 그가 평생 남긴 작품 중 3/5이 미완성이었다는 것이다. 하나를 진드근하니 마무리하지 않고, 마음에 들지 않으면 곧바로 그만두고 다른 걸 시작하기 일쑤였다고 한다. 완벽하게 완성하는 데 몰두하기보다 일단 시작해보는 것이 중요한 사람이었던 것이다.

이와 비슷한 이야기가 《중앙선데이》에 실린 천근아 교수의 칼럼에도 있었다. 아동 ADHD의 특성을 설명하기 위해 월터 아이작슨의 《레오나르도 다빈치》에 나온 사례를 인용했는데, 다빈치도 완성한 작품이 20점을 넘기지 못했을 정도로 미완성 작품이 많았다고 한다. 그러나 월터 아이작슨은 그의 산만함에 집중하며 "레오나르도는 구상을 현실화하는 것보다 미래를 위한 구상 자체를 좋아해서 현재에 집중하지 못하고 쉽게 산만해졌다. 그는 인내심을 훈련받지 못한 천재였다"라고 평했다.

두 천재 예술가의 이런 행동을 나는 '종결부재(終結不

在)'라 칭하고 싶다. 마무리를 잘 해내지 못했지만 실패가 아니다. 원래 모든 일에는 완성이란 없으며 어쩔 수 없는 마감이 있을 뿐 끊임없는 새로운 시도만이 의미가 있다는 것을 그들은 이미 알고 있었던 것이다. 결과적으로 몇 개의 위대한 업적으로 남았지만, 재미있게도 관점 따라 다른 해석을 하고 있다. 한쪽에서는 다양한 영역에 관심을 가지고 일단 도전해본 적극적인 시도의 사례로, 다른 한쪽에서는 계획을 세워 차근차근 실행하지 못하고 산만한 주의력결핍과잉행동의 결과물로 해석했다. 이런 타이밍이 책을 읽으면서 즐거워지는 순간이다. 꽤나 다른 두 책에서 발견한 개별적인 지식이 연결되면서 하나의 통합된 주제로 모아지는 것. 지식만 흡수하는 것이 아니라 넘치는 정보들 사이에서 특정한 맥락을 찾아내고, 하나의 서사를 엮어내는 것이다. 이러한 적극적인 읽기를 통해 시야가 넓어지고, 색다른 아이디어가 떠오르는 계기가 된다.

여기에 더해서 나는 많은 지식과 정보가 필요한 직업을 가지고 있다. 정신과 의사로서 한 개인의 정신적 병리를 이해하고 치료하기 위해서는 인간에 대한 심층적 이해가 요구되기도 하지만, 개인에게 영향을 주는 사회의 새로운 변화와 트렌드도 빠르게 파악하고 있어야 한다.

매일 쏟아지는 수많은 정보는 조바심을 부른다. "쉽게

설명해줘", "3분 안에 알게 해줘"라는 요구에 부응하는 정보
가 넘쳐난다. 보고 나면 대강의 그림은 그려진다. 몇 시간만
투자하면 인터넷에 떠도는 정보로 적당히 안다는 느낌도 가
질 수 있다. 그러고는 이 수준에서 멈춰버린다. 이것이 전문가
에 대한 불신과 반감을 만든다. 나도 충분히 알 수 있는 일이
라는 감정적 인식의 밑거름이 되는 것은 이런 스낵 같은 단
편적인 정보들이다. 아무리 많이 모아도 어느 수준 이상 깊어
지지 못한다. 표면 밑의 복잡함을 인식하고 숙고해보는 성찰
(reflection)을 하기 어렵다. 내가 생각하기에 독서는 표피적, 감
성적 수준의 '안다'에서 성찰을 동반한 '알 것 같지만 잘 모르
겠다'는 조심스러운 통찰로 진행하는 정도(正道)라고 믿는다.
그리고 여기에는 당연히 어려움이 따르고 어느 정도의 노력
이 필요한 일이다.

앎의 경계를 긋는다는 것

내 분야에 대해 확실하게 아는 것에 더해, '안다는 것을 아는 것'에 대한 경계가 분명한 사람. 나는 그런 사람이 되고 싶다.

———————— 정신과 의사라는 직업은 애매함을 안고 가는 일이다. 내과나 외과 의사가 부러울 때가 있다면 이러한 애매함이 정신과보다 덜하다는 점이다. 발달한 의학 기술은 증상을 객관화하고 진단을 돕는 수많은 방법을 만들었다. 안색이 창백하다면 피검사로 빈혈을 찾아내고, 넘어졌다면 엑스레이로 부러진 곳을 눈으로 확인한다. 불안과 우울은 어떨까? 환자가 불안하다고 하면 불안한 것이고, 우울하다면 우울한 것이다. 피검사로 불안을 확인할 수 없고, 엑스레이로 마음이 부러진 걸 검증할 수 없다. 공황발작을 하거나, 자살 시도를 했다면 그나마 분명하다. 그렇지만 정상과 비정상의 경계에서 나를 찾아오는 사람들이 더 많다.

프랑스 말에 '개와 늑대 사이의 시간(L'heure entre chien et loup)'이 있다. 해가 살짝 저물 때 저 멀리 보이는 짐승이 개인지 늑대인지 분간이 안 되는 그런 경계를 말한다. 낮도 아니고 밤이라고 하기에도 애매한 그런 시간. 정신과 의사가 하는 일이 바로 개와 늑대의 시간에 서서 이게 개인지 늑대인지 구별하려고 노력해가는 것이다. 질병을 평가하기가 어렵듯이 얼마나 호전되었는지 판단하기도 애매하기는 마찬가지다. 그러니 처음부터 끝까지 애매함을 안고 가는 것이 정신과 의사라는 직업의 정체성이다.

지식이 쌓이고 경험이 많아지면 더 잘 보이고 명료해져야 하는데 어떨 때에는 거꾸로 더 어렵게 느껴진다. 어떤 현상이나 사람의 행동을 해석하려고 하면 얼마든지 할 수 있지만, 많은 환자들을 만나고 심층적으로 더 파고들어 갈수록 점점 더 어려워진다. 명쾌하게 말하고 쉽게 판단할 수 없는 부분들이 많다. 이런 부분은 스스로 많이 알고 있어야 내가 무엇을 모르는지 분명히 말을 할 수 있으니, 더 많이 알려고 노력하는 길밖에 없다. 그러므로 꾸역꾸역 읽고 생각하고, 관찰하고 판단하는 것이다.

　　사회적으로 큰 사건이 벌어지면 도대체 왜 이런 일이 벌어진 것인지, 사건의 당사자의 심리가 무엇인지 묻는 인터뷰 요청이 많다. 경험이 쌓이고 아는 게 많아질수록 쉽게 대답하기 어려워진다. 예전에 겁도 없이 이런저런 사회 현상이나 어떤 사람의 행동에 대해서 현학적인 분석을 명쾌하게 하던 내가 부끄러울 때도 있다. 갈수록 입이 무거워지고 말은 조심스러워진 대신에 "그건 모르겠습니다"라는 말이 더 많아진다. 재미가 없으니 인터뷰 요청도 줄어들었다.

　　모르겠다고 말하는 것이 멈춤을 의미하는 것은 아니다. 책을 읽으면서 새로운 사실을 알게 되면 비로소 '그래서 그랬구나'라고 깨닫게 된다.

신경과학과 건축을 접목시키는 작업을 해온 콜린 엘러드의 《공간이 사람을 움직인다》를 읽어보면, 신경학적 측면에서 인간이 본능적으로 안전하게 느끼는 공간과 위치가 있어서 특정한 자리를 피하거나 선호하는 경향이 있다고 설명한다. 뾰족한 외관의 빌딩에 미학적 판단보다 부정적 감정이 먼저 일어나는 이유는 다칠 수 있는 곳이라는 위험신호가 편도체에서 먼저 발생하기 때문이다. 동물이 그러듯이 어떤 공간에 자리를 잡을 때 가운데보다는 가장자리를, 낮은 곳보다는 주변을 조망할 수 있는 높은 곳을 선호한다. 카페에서 자리를 잡을 때 자연스럽게 하는 행동이 책을 보니 이해가 갔다. 단골 카페의 내 선호 자리는 벽에 등을 진 구석자리인데 누가 그 자리에 앉아있으면 난감해지고는 했다. "왜 그 자리를 좋아하나요?"라고 누가 묻는다면 "그냥요"라고 대답했을 텐데, 이제는 왜 그런지 말할 수 있다. 정신과 교과서에는 나오지 않는 공간과 심리의 상호작용에 따른 행동을 알게 되면서 '안다'의 영역이 넓어졌다. 그리고 이런 과정을 반복하면서 나는 더 넓은 시야를 가진 전문가로 성장하고 있다고 믿는다.

전문가는 자기 영역의 모든 것을 아는 사람이 아니다. 그런 사람은 존재하지 않는다. 확실하게 알고 있는 것 외에는 섣불리 아는 척하지 않고 모르는 것을 모른다고 할 줄 아는 사람이 전문가의 정의여야 한다. 내 분야에 대해 확실하게 아는 것에 더해, '안다는 것을 아는 것'에 대한 경계가 분명한 사람. 나는 그런 사람이 되고 싶다. 조금씩 그 영역이 넓고 확고해지고 깊어지기를 바라면서 책을 읽는다.

독서에 관한 첫 번째 기억

시작은 각자 다르지만 책을 좋아하는 사람이 종국
에 만나는 곳은 인식의 대양으로 나아가는 길목일
수밖에 없다.

─────────────── 책 읽기에 대한 나의 최초의 기억은 초등학교 5학년 수업 시간이다. 그 전에도 분명히 재미있는 책을 읽었을 테고, 여러 가지 좋고 나쁜 기억들이 있지만 이때만큼 강렬한 기억은 찾기 어려울 것 같다.

어느 날, 담임 선생님이 역사 퀴즈 대회를 열었다. 간식을 걸고 한 시간 동안 진행된, 예정에 없던 소소한 대회에 다들 신이 나서 답을 말했다. 들뜬 분위기에 익숙하지 않았던 나는 맨 뒷자리에 시큰둥하게 앉아 있었다.

"저요!" 손 드는 아이들이 열 명이 넘어가자 선생님은 고르기 바빴고, 그 사이에서 나는 뒤늦게 손을 들기가 어쩐지 민망한 기분이었다. 괜히 "땡" 하는 소리를 듣고 싶지 않았나 보다. 그러나 이상하게도 정답이 내 입에서 맴돌았다. 다만 손을 들지 않았을 뿐이다. 왜 이걸 아는지 모르겠고 출처도 알 수 없었지만 내가 정답을 알고 있는 것은 분명했다. 처음의 흥분된 분위기가 가라앉고, 생각보다 어려운 문제였는지 손을 드는 아이들이 줄어들었다. 이때부터 손을 들어 문제를 맞춰 나가기 시작했다. 정확히 무슨 문제였는지는 하나도 기억나지 않지만, 아이들이 "와!" 하며 감탄하던 소리가 생생하다. 마지막 문제까지 맞췄을 때 처음으로 아이들의 시선이 '부러움'을 담고 있다는 걸 느꼈다.

초등학교 저학년 시절, 나는 교실 안에서 흐릿한 아이였다. 그저 조용히, 존재감 없이 교실을 채우고 있었다. 공부를 잘하는 것도 아니고, 키가 큰 것도 아니고, 운동을 잘하는 것도, 하물며 웃기거나 싸움을 잘하는 것도 아니었다. 반 친구들이나 선생님이 관심을 가질 만한 인기 있는 아이가 아니었다. 학교가 끝나면 집으로 가서 책장에 꽂힌 책을 읽고, 동네 친구들과 놀러 다니고, 숙제나 겨우 해가는 정도였다. 사립 초등학교의 다른 아이들처럼 따로 과외도 받지 않았고 집에서도 특별한 제재나 구속을 받지 않는 적당한 무관심 속에 방목형으로 지냈다. 어릴 때이긴 하지만 어렴풋이 이러한 나의 모습을 느끼고 있었던 것 같다. 그러던 중에 갑자기 주목을 받게 되니 으쓱하게 되고, 그동안 꾹꾹 담아놓았던 지식이 대방출된 덕분이라는 생각에 더 열심히 책을 읽었다.

그때부터 내 강점은 책에서 얻은 다방면의 잡다한 지식과 정보라고 생각하게 되었고, 다른 사람들과 일종의 지식 배틀을 하면서 내 존재감을 확인하게 되었다. 예를 들면 이런 식이다. 책 좀 본다는 친구를 만나면 "너 그런 거 알아?" "너 그 책 읽어봤어?"라며 누가 얼마나 더 많이 아는지 겨루는 것이다. 중학생 시절의 일이지만 지금 생각해도 흑역사로 여겨질 정도로 유치한 짓을 많이 했다.

30대에 들어서도 "하 선생은 정신과 빼고는 모르는 게 없어"라는 선배들의 뼈 있는(?) 농담을 듣기도 한 걸 보면, 조금 덜 유치한 방식이라도 지식 배틀이 계속됐나 보다. 나도 왜 아는지 모르는 이상한 정보와 지식을 알고 있다는 사실이 기쁘고, 박학다식한 사람으로 보이는 것도 꽤 괜찮은 기분이었다. 그리고 이런 경험들이 결국 내 책 읽기의 동력이 되었던 것 같다. 책 안의 지식과 정보를 뽑아서 내 안에 쌓아놓고 있다가, 그것을 적재적소에 잘 꺼내는 것이 내 자존감의 기초가 되었던 것이다.

책을 좋아하는 사람마다 책을 읽는 이유는 모두 다르다. 세상과 사람에 대한 호기심에, 이야기가 좋고 행동의 이유가 궁금해서, 세상의 이치를 깨닫고 경제적 이득을 얻기 위해서 등등 수많은 이유가 있을 것이다. 개인의 동기가 무엇이든 책을 읽는다는 것은 새로운 확장을 경험할 수 있는 계기가 된다. 책 한 권은 한 가지 이야기만 담고 있지 않다. 넓게 펼쳐지고 깊게 들어간 내용이 담겨 있다. 하나의 개인적 동기로 책을 읽고, 같은 주제의 책만 파고들어 간다 해도 어느 순간 세상의 이치가 머리에 그려지며 '아하!' 하는 경험을 할 수 있는 것은 바로 책이기 때문이다. 어느덧 더 넓어지고, 여유가 생기고, 입체적 심상이라는 마음의 지평을 갖게 된다. 시작은 각자 다르

지만 책을 좋아하는 사람이 종국에 만나는 곳은 인식의 대양
으로 나아가는 길목일 수밖에 없다.

닉네임 옥수동

무엇이든 숙성을 위해선 시간이, 빠른 변화를 위해
서는 충격의 통증이 필요한 것처럼, 내 책의 혹평
을 읽는 아픔을 몸으로 겪어본 다음에야 내 태도
를 바꿀 수 있었다.

——————————— 전문의로 처음 커리어를 시작한 곳은 용인정신병원이었다. 출근해서 회진을 하고, 외래를 보고, 그렇지 않으면 연구실에서 자리를 지키면 되는 규칙적인 근무 환경이었다. 레지던트로 일할 때보다 시간도 많아지고 독립된 연구 공간이 생기면서 좀 더 자유를 누릴 수 있었다. 그리고 이 시기는 논문을 쓰기 위한 연구에만 몰두하지 않던 때라 밤낮으로 책 볼 시간도 많아졌다.

이때부터 본격적으로 다독의 길로 들어섰다. PC통신 시절 이용했던 하이텔에 영화와 책 리뷰를 가끔 올린 적이 있는데, 이번에는 제대로 된 리뷰를 써보고 싶었다. 읽는 것만으로는 모자라 글을 쓰고 싶은 욕심까지 생긴 것이다. 목이 말라 결국 바닷물을 마시게 된 사람의 갈급한 갈증마냥 간절한 마음이었다. 마침 한 인터넷 서점에서 블로그 서비스를 오픈했고, 그 당시 살던 동네 이름을 따서 '옥수동 독서일기'라는 블로그를 개설했다.

저자도 아니고 이름이 알려진 사람도 아니었던 나는 고삐가 풀린 것처럼 정제되지 않은 말과 글을 마구 써갈기면서 리뷰를 썼다. '옥수동'이란 닉네임 뒤에 숨어서 시니컬한 글을 뿜어냈다. 솔직하다면 솔직하다고 할 수도 있지만, 지금 보면 아는 척, 평가하려는 잘난 척이 넘쳐났다. 영화 〈볼륨을 높여라〉의 마크(크리스찬 슬레이터 분)가 해적방송을 하면서 랩을 하듯 아무 말이나 내뱉듯 거침없이 썼다. 지금은 이런 리뷰를 쓰면 저자도 보고 출판사나 편집자가 검색해서 볼 것임을 알아서 자연스럽게 자기검열이 된다. 신경 쓸 게 많아지니 저절로 조심스러워진 것이다.

예전 리뷰를 살펴보니 "실망스러웠다"는 표현도 거침없고 "아마추어적 글쓰기의 치기"라고 혹평을 해놓은 것도 있었다. 법정 스릴러로 유명한 한 외국 작가가 쓴 크리스마스 배경의 감동 소설에는 "그의 소설을 좋아하던 한 독자로서 주제와 소재를 넓히려는 작가로서의 노력은 훌륭하다고 생각하지만 다음번에는 이럴 시간에 법정 소설을 쓰기를 기대하고 싶다"라는 냉정한 코멘트를 해놓기도 했다.

만화 《맛의 달인》 시리즈에 심취했을 때는, 주인공 지로와 아버지의 관계를 오이디푸스 콤플렉스로 해석해 기성세대와 신세대가 서로를 인정하고 갈등을 해소하는 보편성을 가진 스토리로 분석하기도 하는 등 장르 불문하고 하고 싶은 말을 마구잡이로 쏟아냈던 것 같다.

이렇게 리뷰를 올리던 중 저자에게 개인 쪽지를 받은 적도 있었다. 내 신랄한 리뷰를 보고는 "후진 책이라는 걸 인정할 수 없으니 환불해주겠다"는 협박조의 메시지였다. 잠시 멈칫했지만 떨리는 마음을 가라앉혔다. 마침 그때는 해외 연수로 가족들과 캐나다에 잠시 머물고 있을 때여서, 물리적 거리를 생각하며 진정할 수 있었다.

여러 권의 책을 쓰고, 내 책에 대한 가슴 아픈 리뷰들을 보는 일이 잦아지면서 이제는 리뷰를 그렇게 쓰지 않는다. 막상 내가 저자가 되고 나니 50개의 좋은 리뷰보다 한 개의 부정적인 리뷰가 기억에 오래 남고, 아플 만한 곳만 골라 때리는 고문관의 예리한 주먹처럼 느껴져서 그 아픔이 잊히지 않는다.

이제는 재미없거나 영양가가 없다고 느끼는 책은 그냥 무시하거나 코멘트 없이 넘어가고, 반대로 좋았던 책을 열심히 리뷰하려고 한다. 냉소적이고 공격적이며 싸늘한 리뷰를 쓸 만큼 써본, 치기 어린 리뷰어 사춘기를 지나온 덕분이다. 무엇이든 숙성을 위해서는 시간이, 빠른 변화를 위해서는 충격의 통증이 필요한 것처럼, 내 책의 혹평을 읽는 아픔을 몸으로 겪어본 다음에야 내 태도를 바꿀 수 있었다. 아무리 좋은 말로 타일러도 직접 아파보고 겪어보는 단계를 거쳐야 사람은 변하는 법이다. 정신과 의사라고 예외는 아니다.

도서관이라는 천국

내가 책과 이어지는 데 도서관은 최적의 공간이다.
그런 공간이 있다는 것, 언제든 찾아갈 성소를 만
들어두는 것은 내 마음의 안녕을 위해 필요한 일
이다.

─────────────── 도서관에서 북토크나 강연을 해

달라는 요청이 들어오면 대체로 수락하는 편이다. 독자를 직

접 만나는 것도 큰 즐거움이긴 하지만, 가보지 않은 도서관을

방문해 살펴보는 것도 나에게는 설레는 일이기 때문이다. 평일

저녁에 일과를 끝내고 급하게 가는 경우를 빼고는 가급적 몇

시간 정도 일찍 간다. 사실 강연을 하러 가는 사람이 너무 빨

리 도착하는 것은 일반적으로 주최 측에 실례가 될 수도 있어

서, 담당자에게 연락하지 않고 조용히 먼저 가서 도서관을 둘

러보고는 한다. 서가 쪽의 탁 트인 공간에서 마음에 드는 곳을

찜하는데, 보통은 작은 의자나 테이블이 있는 곳이다. 여기에

앉아서 가져간 책을 읽거나, 서가를 훑어보며 관심 가는 책을

골라본다.

책을 좋아하는 사람에게는 서점이 낙원이라지만, 나

는 서점보다는 도서관 쪽인 것 같다. 서점은 돈을 지불해야 진

열된 책을 다 읽을 수 있지만 도서관에서는 무한대로 읽을 수

있다. 영원히 내 책이 될 수 없다는 점만 빼면 도서관이 낙원

에 더 가깝지 않을까. 아르헨티나의 소설가 호르헤 보르헤스

의 〈바벨의 도서관〉에서는 도서관을 천국이라고 묘사한 부분

이 나온다. 하늘 높이 쌓인 바벨탑 같은 건물에 층마다 놓인

책장에 빽빽하게 책이 꽂혀 있고, 읽다가 지치면 잠들 수 있는

침대가 있다. 무한대의 지식이 제공되는 공간이다.

대학을 다닐 때까지 내게 도서관은 공부하는 곳이었다. 많은 학생들이 그렇듯이 시험공부를 하거나 수업 준비를 했다. 그러나 지금은 책을 읽고, 책을 쓰는 공간이다. 이렇게 바뀌게 된 계기는 캐나다에서 1년 정도 있을 때 가장 많은 시간을 보냈던 토론토 레퍼런스 라이브러리에서의 경험 덕분이다. 시내에서 가장 큰 도서관인 이곳은 넓은 개가식 열람실에, 개방감이 강한 독특한 구조로 되어 있다. 건물은 도넛처럼 가운데가 뚫려 있고, 중심부의 빈 공간을 중심으로 서가들이 둥글게 배치되어 있어서 반대편으로 가려면 빙 돌아가야 한다. 그리고 북쪽 면은 숲을 향해 있는데, 커다란 유리창이 나 있어서 탁 트인 느낌이 시원했다. 테이블에 오래 앉아 있어도 답답해지지 않았다. 종일 머무르는 사람들이 많았지만 그렇다고 자리가 모자라서 대기를 하거나 불쾌해질 정도로 가깝게 앉지 않아도 되었다. 그곳에서 나는 《소통의 기술》과 《관계의 재구성》을 썼고 논문도 몇 편 썼다.

한국에 온 후에는 일하는 대학교의 중앙도서관을 이용한다. 연구실이 있지만 전화가 많이 오고, 많은 책과 물건들이 집중을 방해한다. 이곳에도 5층의 개가식 자료실 안쪽에 큰 테이블과 의자가 놓인 공간이 있고, 토론토의 도서관처럼 시야가 트여 있어 하늘과 나무를 보면 눈이 덜 피곤해진다. 시간이 비는 날은 노트북을 들고 자료실로 간다.

도서관에 가면 마음이 차분해지고 무엇이든 하고 싶어진다. 잡념이 들기보다 목적의식이 있는 생각을 하게 된다. 일종의 조건학습이 일어난 셈이다. 앉아 있는 것만으로도 든든하고, 의미 있는 작업을 하고 있다는 생각이 드니 말이다.

여행지에서도 도서관을 찾아가본다. 분위기 좋은 도서관은 도시의 웬만한 관광지보다 훨씬 가볼 만한 곳이다. 아직까지도 기억에 남는 곳은 싱가포르 국립도서관이다. 싱가포르에서 열린 학회가 끝나고 공항에 가기 전 반나절의 빈 시간이 생겼다. 도시를 구경하고 싶었지만 너무 덥기도 하고, 쇼핑도 내키지 않아서 시내의 국립도서관을 찾아갔다. 다행히 여행객에게도 관대해서 별다른 등록 없이 입장할 수 있었다. 8미터는 족히 되는 높은 층고에 중국어와 영어로 된 책들이 가지런히 꽂혀 있었다. 통유리로 마감된 건물이라 도서관 사방이 확 트여서 어디에 앉던 싱가포르 시내가 훤하게 보였다. 테이블이 넉넉해서 나도 한 자리 골라 앉아보았다. 느낌이 왔다. 여기는 종일 있고 싶은 곳이었다. 시원하고, 넓고, 시야가 탁 트인 곳. 왜 하필 떠나는 날 이곳을 오게 되었을까. 좁은 호텔방에서 보낸 며칠이 떠올라 손해를 본 것 같았다. 다시 싱가포르에 가게 된다면 레플즈 호텔에서 싱가포르 슬링을 마시기보다 국립도서관에 앉아 있을 것이다.

　내가 책과 이어지는 데 도서관은 최적의 공간이다. 그 안에서 나는 책과 나를 연결하고, 생각에 집중한다. 그런 공간이 있다는 것, 언제든 찾아갈 성소를 만들어두는 것은 내 마음의 안녕을 위해 필요한 일이다. 누구에게나 마음의 안식처가 있을 것이다. 지금 내게 도서관이 바로 그런 곳이다. 도서관은 책으로 둘러쌓아 나를 지켜주고, 아늑하게 만들어주며, 그 핵심을 뽑아 책을 쓰도록 해주는 안정과 생산의 공간이다. 만일 그런 곳이 떠오르지 않는다면 지금이라도 만들어 보기를 권하고 싶다. 어느 공간이든 언제나 찾아갈 수 있는.

킹스크로스역 9와 3/4 지점

머글들의 세계에서 마법의 세계로 넘어가는 그 작
은 틈처럼 만화의 '사이'는 골치 아픈 현실을 벗어
나게 하는 통로가 된다.

──────────────────── "내일 지구가 멸망한다면 무엇을 하실 건가요?"

이런 느닷없는 질문에 조금의 고민도 없이 "동네 만화방에서 라면을 먹으며 좋아하는 만화 시리즈를 1권부터 천천히 다시 읽겠습니다"라고 답을 할 정도로 나는 만화를 좋아한다. 지구 멸망을 막기 위해 고군분투하는 슈퍼히어로 유전자는 1퍼센트도 없다. 정말로 내일이 인생의 끝이고 세상의 종말이라면, 순순히 받아들이고 내가 가장 좋아하는 공간에서 남은 시간을 숨 쉬고 싶다.

만화방은 내게 마음의 휴식을 주고, 만화책은 뇌에 휴식을 준다. 스트레스가 심해지거나, 지쳤다고 느낄 때, 머리를 식혀야 할 때에는 본능적으로 만화방 구석 자리를 찾는다. 일종의 리추얼이다. 거기에 잘 끓인 라면 한 그릇이 주어지면 더 바랄 것이 없다. 위도 마음도 뇌도 모두 만족이다. 자궁 안으로 다시 기어들어가는 퇴행의 마법이다. 지구가 내일 멸망해도 아쉬움은 이제 없다. 테이블 위에 신중하게 고른 만화책을 수북이 쌓아놓고 엉덩이를 깊숙이 의자에 파묻고 나면 현실의 자잘하고 번잡한 걱정과 고민에서 벗어난다.

왜 만화는 소설을 읽거나 영화를 볼 때보다 더 쉽게 현실에서 벗어날 수 있을까? 이런 궁금증도 역시 책에서 찾을 수 있다. 바로 스콧 맥클라우드의 《만화의 이해》다. 만화에 관한 책답게 텍스트가 아닌 만화로 되어 있지만, 탄탄한 만화 이론서이다. 맥클라우드는 만화를 "의도된 순서로 병렬된 그림 및 기타 형상들"로 정의한다. 다른 예술 매체와의 핵심적인 차이는 칸과 칸 사이의 공백에 있다. 그 사이에 뭔가 있어야 할 것으로 마음과 뇌는 인식하고 그 사이를 상상으로 메운다. 읽는 사람에게 빈 공간에 들어갈 것을 연상하도록 한다. 동작, 장소, 시점 모두 칸과 칸을 읽으며 획 하고 넘어가고 그 사이는 모두 읽는 사람이 자의적으로 채워 넣어야 한다.

영화와 비교해보면 만화의 특수성이 더 명백해진다. 바로 비연속성이다. 영화는 장면으로 구성되어 있고, 장면이 넘어가면 앞 장면은 잔상으로 남는다. 반면에 만화는 칸과 칸으로 구성되며(물론 웹툰은 단행본 만화와는 또 다른 문법을 가지고 있다), 두 이미지를 동시에 보면서 그 칸과 칸 '사이'를 상상하도록 한다. 이미지가 먼저 정보를 주면, 텍스트는 다음 차례로 디테일을 준다. 칸과 칸 다음은 페이지와 페이지다. 다음 페이지로 넘기는 몇 초 동안 그 중간을 메우는 상상을 하고, 더 지나서 한 권을 다 읽고 다음 권을 집는 동안에도 상상은 계속된다. 영상 콘텐츠는 바로 다음 장면이 밀고 들어오지만, 만화는 내 눈이 머무르는 동안 그 장면에 머물러 내가 느끼고 생각할 여지를 준다. 그 결과 독자는 모두가 각자 자신만의 이미지를 만들어 자신만의 만화책을 완성한다. 그에 비해 애니메이션이나 영화는 상상의 틈이 훨씬 적다. 빠른 속도로 넘어가는 연속성은 친절하지만 모두가 똑같은 내용을 간직하는 균일한 모양의 공산품이나 다름없다. 수용자가 개입할 여지가 적다. 만화 원작을 애니메이션이나 실사영화로 만드는 것치고 만화를 먼저 본 진성 독자를 만족시킨 것을 본 적이 없다. 자신만의 빈 공간을 메운 상상들과 일치할 수 없으니 이건 남의 집에 들어와서 내 집이라고 말하는 것 같은 어색함만 느낀다.

칸과 칸 사이의 공간은 내게 킹스크로스역 9와 3/4 지점과 같은 곳이다. 《해리 포터》 시리즈에서 머글들의 세계에서 마법의 세계로 넘어가는 그 작은 틈처럼 만화의 '사이'는 골치 아픈 현실을 벗어나게 하는 통로가 된다. 비록 그저 종이 한 장만큼의 얇은 틈이지만, 수백 권의 만화로 쌓이고 쌓인 그 얇은 틈은 내게 상상과 은유, 그리고 상징의 세상을 준다.

어깨가 자꾸 결리면 사우나를 가든 마사지를 받으러 가고 싶듯이 만화책이 가득한 만화방에 가고 싶다. '한 번 갈 때가 된 거 같은데'라는 근질거림이 느껴진다. 현실의 산을 오르다 지쳤을 때 쉬어갈 벤치이자, 논리와 합리성으로는 해결되지 않는 타이트한 고민의 실뭉치를 성기게 풀어주는 것이 나에게는 만화다. 환상과 직관, 그리고 여백의 공간이 필요하다고 무의식이 소환장을 보내면, 나는 주저 없이 만화방으로 향한다.

적극적인 우연이 주는 발견 ─────────────

책을 선택하는 범위가 정해져 있는 편인 나에게
동네 책방 순례는 내 시야 밖의 새롭고 낯선 책들
의 조합을 만날 최고의 기회다.

─────────────────── 처음 가는 곳을 여행하면 우선 맛집을 검색한다. 동선을 짤 때도 찍어놓은 식당을 중심으로 관광지들을 찾아간다. 맛집 말고도 이제는 새로운 검색지가 생겼다. 바로 동네 책방이다.

몇 년 전, 새 학기가 시작되기 전에 통영을 가기로 했다. 검색을 하다가 눈에 띈 곳이 서점 '봄날의 책방'이었다. 출판사 '남해의 봄날'에서 운영하는 서점으로 그 옆에 '봄날의 집'이라는 게스트하우스도 함께 운영하고 있었다. 처음 찾아간 지방 도시 통영의 작은 서점은 근사한 분위기였다. 네 명 이상이 들어오면 서 있지도 못할 작은 공간이었지만 인문사회 도서의 목록이 튼실했고, 내가 읽고 좋았던 책도 여러 권 있었다. 한참 구경하다가 실은 게스트하우스에 체크인을 하려고 서점에 들어왔다는 것을 깨달았다.

게스트하우스와 서점이 위치한 봉수로는 길게 뻗어 있는 골목길로 고즈넉하고 한적한 풍경이었다. 약수탕이라는 오래된 목욕탕이 있는데, 뾰족하게 높이 솟은 굴뚝이 건물 크기보다 더 커보였다. 배에서 내린 선원들이 목욕탕을 쉽게 찾아오라고 저렇게 만든 것일까 싶었다. 바닷물색으로 파랗게 칠한 '우리동네'란 커피숍도 동네에 어울려 특색 있는 정취가 있었다. 오후에는 '봄날의 책방'에서 산 책과 챙겨간 책을 게스트하우스에서 천천히 읽다가 낮잠을 잤다. 다음 날 아침 게스트하우스에서 제공하는 아침 식사까지 하고 나니 모든 것이 만족스러웠다. 이렇게 기분 좋은 경험을 하고 나니, 그다음부터는 여행을 갈 때 동네책방을 꼭 끼워 넣게 되었다.

　제주도에 갔을 때도 독립서점을 빼놓지 않았다. 어디선가 듣기로는 50군데가 넘는다고 하는데, 기억에 남는 곳은 구좌의 '소심한 책방'이다. 찾아가기도 힘든 동네 구석의 골목 끝에 위치한 작은 책방이었다. 이런 서점들의 특징 중 하나가 중요한 자리에 서점 주인이 제일 좋아하고 권하고 싶은 책들을 가지런히 두고 손님들을 맞이한다는 것이다. '이 책이 우리 서점의 얼굴이에요'라고 말하고 있다. 벽에는 카드나 에코백이 진열되어 있고, 제주도 지역의 저자가 쓴 책도 몇 권 있었다. 이 지역에서만 구할 수 있는 한정판이라고나 할까. 주인이 책을 권하면서 책에 꽂아놓은 팝업들을 하나씩 읽다보니 시간이 훌쩍 지났다. 결국 매대에 놓여 있는 책 중 한 권이 내 손에 잡혔다. 《키키 키린》이었다. 고레에다 히로카즈 감독의 영화에 자주 출연해서 꽤 좋아하던 배우의 책이었다. 당시 나의 관심사였던 나이듦과 성숙에 대한 통찰 한 조각을 얻을 수 있던 이 책에 너무 애착이 간 나머지, 《채널예스》의 〈마음을 읽는 서가〉에 리뷰를 쓰고 다른 여러 매체에도 소개했다. 적극적 우연은 이런 인연을 만들어주는지도 모른다.

지역에 가면 작은 책방만 있는 것은 아니다. 규모가 있고 역사가 있는 책방 중 유명한 곳이 속초의 '동아서점'이다. 교동 큰길가에 주차장도 널찍하고 매장의 크기도 120평이라니 아주 크다. 서울도 마찬가지지만 지역의 서점들은 참고서와 잡지, 교보문고 축소판 수준의 베스트셀러 위주의 책이 진열되어 있다. 동아서점은 서울, 화성, 책에 대한 책 같은 한 가지 주제를 놓고 연관성이 있는 책들을 주제별로 잘 모아놓은 것이 특색이다. 서점 주인이 언제나 새로운 주제를 생각하고 있을 것 같았다.

한적한 골목길, 주택을 서점으로 만든 '책방마실'은 춘천에 있는 서점이다. 1층의 작은 방마다 책이 진열되어 있고, 부엌이 있었던 곳에 커피머신이 있어서 간단한 음료를 만들어 판매한다. 책을 둘러보니 여행과 관련한 책, 음식과 요리에 대한 책, 고양이에 대한 책과 만화가 많이 보였다. 작은 책방에서는 이런 주제가 주류다. 브랜드 잡지 《매거진 B》나 라이프스타일을 다루는 잡지 《어라운드》가 여러 권 꽂혀 있었다. 돌아다녀본 동네 서점에서 공통적으로 사랑하는 《아무튼》 시리즈도 한 줄 꽂혀 있었다. 《고양이 그림일기》, 《고양이의 크기》, 《칠전동 고양이》 등 요즘 대세인 고양이 관련 책들도 보였다. 2년 전만 해도 고양이 책은 일본만화 아니면 외국서적들이 대부분이었는데, 한국 저자들이 낸 책도 많았다.

서점 주인에게 추천을 받아 근처의 '서툰책방'도 찾아가보았다. 내비게이션을 찍고 골목길을 올라가는데 책방이 어떻게 이런 곳에 있을 수 있나하는 의문이 드는 위치였다. 이런 공간은 문을 열고 들어갈 때부터 설렌다. 무엇이 기다리고 있을까? 〈허영만의 백반기행〉에서 동네 식당의 백반을 먹으러 들어가는 기분같이, 엄청난 놀라움의 스케일은 아니지만 경험해보지 못한 톤과 컬러의 미묘한 변화구를 맛볼 것이니.

평일 오후인데 5~6명이 앉아서 책을 보고 커피를 마시고 있었다. 카페같이 개방된 공간과 안쪽에 책이 잘 진열되어 있으면서 반대쪽 벽에는 소파와 의자가 있어서 앉아서 책을 읽을 수 있었다. '책방마실'에 비해 문학책의 비중이 높았고, 편하게 책을 읽을 수 있는 공간으로 만들어져 있었다. 시간 여유가 있으면 두 시간쯤 책에 푹 빠져 있다가 나오고 싶었다.

동네 책방의 맛은 만나기 어려운 독립출판물을 만날 수 있다는 것이다. 남들은 구할 수 없는, 또 아예 공급도 되지 않는 레어템을 내 것으로 하는 은밀함 말이다. 초판 이후 또 찍을지는 누구도 모른다. 또한 넓은 주제를 다루기보다 좁고 미시적이면서 개인적인 내용을 한 권으로 엮어, 이런 책들이 주는 또 다른 즐거움이 있다. 이날 구입했던 책은, 책 만드는 일에 대한 편집자의 진솔한 에세이 《책갈피의 기분》과 1년 넘게 동네책방을 운영하는 서점 주인들을 인터뷰한 책 《어쩌다가 수원에서 책방 하게 되셨어요?》이다. 다른 곳에서는 좀처럼 볼 수 없는, 나와 다른 업에 있는 사람들의 이야기를 우연히 만난 것이다.

가끔 민망할 때도 있는데, 서점 주인이 나를 알아보고 내게 사인을 부탁할 때다. 요즘에 뵙는 분들은 가장 최근작인 《고민이 고민입니다》를 꺼내시는데, 사실 작가로서 기분 좋기도 하고, 감사하기도 하다. 불러주기만 한다면 언제든지 북토크에 참가하고 싶다고 그때 못한 말을 여기서 대신해본다.

가보지 않은 곳을 여행할 때 이렇게 서점을 방문 리스트에 넣어보는 것은 어떨까? 우리가 여행을 하는 이유는 낯선 곳에 가서, 낯선 경험을 하고, 일상에 변화를 주려는 것이다. 현지 음식을 먹기 위해 그 지역의 맛집을 찾고, 사진으로는 봤지만 직접 보지 못한 명소의 느낌을 몸으로 경험하고 싶어 한다. 여기에 더 나아가서 책을 좋아하는 사람이라면 그 동네의 서점을 찾아가는 것이다. 책을 선택하는 범위가 정해져 있는 편인 나에게 동네 책방 순례는 내 시야 밖의 새롭고 낯선 책들의 조합을 만날 최고의 기회다. 책을 읽으면서 그 책을 구입한 작은 서점의 분위기와 서점 주인의 표정을 떠올리면서 읽는 것도 좋다. 이런 신선한 호감을 바탕으로 주어지는 의외의 발견은 취향의 시야각을 5도 넓혀주는 순간을 선물한다. 낯선 곳에서 만나는 낯선 책, 일상의 루틴을 깨는 작은 즐거움, 이런 것들이 여행에서 우연히 만난 책이 주는 선물일 것이다.

정신과 의사의 책 처방

치료를 하다 보면 치료자와 내담자 사이에 안전한
완충재를 놓는 게 나을 때가 있다. 책이나 영화가
그 역할을 한다.

─────────────── 예약제로 운영되는 상담 위주의
정신과와 달리 대학병원 외래는 무척 바쁘다. 긴 상담을 할 시
간을 내기 어려워 환자도 아쉽고 나도 아쉽다. 핵심만 간결하
게 오고갈 수밖에 없어서 아무래도 아쉬움이 남는다. 진료가
끝날 때 쯤 딱 이거다 싶은 책을 권하기 시작했다. 의외로 반
응이 좋았다.

처음에는 주로 내가 쓴 책을 처방삼아 권했다. 사춘기
에 접어든 아이와의 관계로 힘들어하는 어머니에게는 《엄마의
빈틈이 아이를 키운다》를, 직장에서 사람들과 관계에서 기가
빨리고, 일에 지쳐서 그냥 방콕만 하고 싶어 하면서 우울하다
고 자책에 빠진 사람에게는 《그렇다면 정상입니다》를 읽어보
라고 하는 식이었다. 진료 시간에 짧게 요약해서 설명은 하지
만, 모자란 부분이 책을 보면 잘 설명되어 있으니. 이후에는 환
자가 먼저 "선생님 요새 읽어볼 만한 책 없나요? 전에 도움이
많이 되었어요"라고 먼저 원했다. 머릿속에 적당한 처방에 대
한 데이터베이스를 만들 필요가 생겼다.

상암동에 '북바이북'이란 작은 책방이 생겼고, 지인의
소개로 처음 북토크를 하면서 책방 주인들과 친분을 갖게 되
었다. 이곳의 큐레이션은 내 취향에 잘 맞았다. 판교 2호점을
내게 되었다는 소식을 듣고, 처음 행사를 하겠다고 나섰다. 하

지만 막상 새 책 홍보기간도 아니라 무슨 말을 할지 난감했다. 먼저 도착해서 책을 둘러보니 작은 책방 곳곳에 내가 좋아하고 읽어본 책들이 대부분이었다. 아, 그래 이걸 가지고 얘기를 해보자. 30여명의 참석자들에게 미술관의 도슨트가 그림을 설명하듯 책방에 진열된 책들을 하나하나 꺼내서 소개했다. 그렇지만 이 책의 저자는 누구고 내용은 이렇다고 이야기하는 형식이 아니라, 한 권 넘어갈 때마다 "이런 마음일 때에는 이 책을 보면 좋아요"라고 설명을 했다.

"회사에서 일에 지치고, 사람들이 뿜는 독에 중독되어 갈 때 디톡스가 필요하죠. 이럴 때 마스마 미리의 《주말엔 숲으로》를 읽어보세요. 오늘 당장 숲으로 가지는 못해도 마음이라도 숲에 가서 마음 맞는 친구들과 함께하는 거죠."

내 머릿속에 저장된 책의 정보와 사람들의 고민을 연결해본 것이다. 하는 일이 남의 고민을 듣고 상담을 하는 것이다 보니, 책을 읽을 때에도 무의식의 저편에서 끈을 놓지 않고 있다가 어느 순간 어떤 문제와 책이 저절로 연결되었다.

무엇보다 책 처방은 간접적 솔루션이라는 점이 강력한 장점이다. 정신치료는 치료자와 내담자 사이의 일대일 상호관계로 이루어진다. 치료자가 하는 해석은 자칫 내담자에게 받아들이기 힘들 수 있다. 현 시점에서 가장 잘 맞는 일대일 맞춤처방이더라도 직면과 같은 맞닥뜨림이 필요한 상황일 수 있다. 그러나 그것을 온전히 받아들이기 어려운 상태일 수 있다. 그럴 때에는 약간 비껴가거나 치료자와 내담자 사이에 안전한 완충재를 놓는 게 나을 때가 있다. 책이나 영화가 그 역할을 한다. 치료자의 마음 한 곳에서 내담자에게 가장 필요한 것이 떠오른다. 이때 말로 직접 "○○는 이런 부분에 걸려 있어요. 저런 면을 피하려 하네요"라고 하기보다 "××란 책을 보면 어떨까요? 보고 나서 함께 이야기해요"라고 권하는 것이다. 자아가 약한 상태의 내담자나, 치료자에게 마음을 열기 힘들어하는 청소년을 정신치료 할 때 써보면 예상 외의 효과를 볼 수 있는 기법이기도 하다.

　다만 이 책 처방이란 것은 정확한 법칙이 있는 것은 아니다. 의사의 처방은 철저히 '연구와 실험에서 검증된 증거'에 입각해서 이루어져야 한다. 그러나 책 처방은 그렇지 않다. 학문적 배경을 바탕으로 '이럴 때에는 이 책을 처방해야 한다'는 논리적 접근이 아니라, 직관적으로 그때 떠오르는 어울릴 책, 딱 들어맞는 느낌의 책을 권하는 것이 낫다. 그러니 책 처방 리스트 같은 가이드북을 만들어서 보편적 처방전을 만드는

게 불가능하다는 것이 개인적인 생각이다. 처방을 하는 사람
의 축적된 독서량과 개인적 경험, 다른 한쪽에는 처방을 받는
사람이 지금 원하는 것 사이의 접점의 결과물이 책 처방이다.
이때 이성적이고 계량적인 분석보다 "아, 이거야" 하는 직관적
접근이 더 낫다. 그런 방식으로 처방했을 때의 반응이 훨씬
좋았다. 내담자들이 거의 비슷한 상황의 어려움에 처해 있더
라도 매번 같은 책을 권하지 않는다. 그날의 직관에 따라 생
각나는 책을 찾아서 권한다. 어떤 느낌이 딱 떠오르고, 간질
간질한데 제목이 생각이 안 나면 열심히 검색을 해서라도 말
이다. 그런 의식의 10센티미터 밑에서 겨우 끄집어낸 책들이
내담자에게 도움이 되었다는 것을 확인했을 때가 치료자의 기
쁨이다.

2장
텍스트의 소유

도대체 책은 언제 보세요?

적재적소에 읽기 좋은 책을 깔아놓는다. 원하는 시간, 원하는 장소에서 알맞은 책을 읽을 수 있도록 '세팅'을 해놓는 것이다.

─────────────── 신년 초 연례행사처럼 블로그에 1년 독서 결산을 올리고 나면 한동안 질렸다는 사람들의 반응이 집중된다. 진료하고, 연구하고, 책도 쓰고, 강의도 하는 등 꽤 바빠 보인다. 술을 좋아하는 걸 봐서는 퇴근 후에 서재에만 파묻혀 있는 것 같지도 않다. 그런데도 1년간 읽은 책의 권수가 150권이 넘고 200권 가까이 될 때도 있으니, 뭔가 책을 많이 읽는 특별한 방법이 있지 않을까 하는 것이다.

"항상 바빠 보이시는데, 책은 언제 보세요?"

이런 질문을 받을 때마다 약간 부끄러운 기분이 들기는 하지만, 솔직히 많이 읽는 편이기는 하다. 분명한 목적이 있는 책, 그냥 보고 싶어서 읽는 책, 호기심에 들춰보는 책, 시리즈 신간이 나와서 의무감에 보는 책까지 내가 책을 읽을 이유는 많다.

책을 언제 보느냐는 이 질문에 나는 단순하게 '언제 어디서나'라고 대답하고 싶다. 책 읽는 시간이 따로 있지 않고, 공간도 정해져 있지 않다. 대신에 내 생활 패턴에 맞추어 적재적소에 읽기 좋은 책을 깔아놓는다. 원하는 시간, 원하는 장소에서 알맞은 책을 읽을 수 있도록 '세팅'을 해놓는 것이다.

물론 남들이 보면 책 무더기가 쌓여 있는 것같이 보일 수도 있다. 그러나 실은 자체 가이드라인에 따라 세심하게 배치된 무더기다. 혼란의 쓰레기 더미 같은 방에서 필요한 물건을 잘도 찾아내는 집주인처럼 나도 내게 필요한 책을 골라낸다. 어릴 때부터 만들어진 습관인데다, 꽤 오랜 기간의 실험과 시행착오 끝에 만들어진 나만의 세팅이다. 무엇보다 내 동선과 닿아 있는 구석구석마다 언제든지 펼쳐들 수 있게 책을 배치해둔다. 나름의 질서가 있으니 나는 원하는 책을 찾는 데 전혀 문제가 없다.

우선, 직접 구입하거나 여러 이유로 입수한 책 무더기를 먼저 책상 왼쪽 위에 한 줄 혹은 두 줄로 쌓는다. 이때 책을 분류하지 않고 그냥 올려놓기만 한다. 그러고 나서 상황이나 시간에 따라 눈이 가는 대로 골라 읽는다. 나는 아침형 인간이라서 오전 시간에 머리가 가장 맑고 기민하게 돌아간다. 그래서 오전에는 책상에 앉아서 주로 정신분석, 인문사회, 과학책과 같이 집중해야 하는 책을 읽는다. 노트북을 켜고 핸드폰도 옆에 두고, 펜을 손에 든다. 마음에 드는 구절이 있으면 줄을 긋고, 참고문헌을 찾고, 생각나는 부분을 메모하거나, 해당 페이지의 사진을 찍기도 한다.

소파에 앉아서 편한 자세로 볼 때에는 소설이나 에세이가 좋다. 새로 들어온 책 중 두 권 정도는 소파 근처에 놓아두고 오다가다 읽는다. 이때 중요한 점은 소설과 에세이가 한 권

이상씩 따로 있어야 한다는 것. 소설은 흐름을 타서 읽어나가는 즐거움이, 에세이는 글 자체의 스타일을 만끽하는 즐거움이 있어 맺고 끊음의 호흡이 다르다. 1시간 이상 푹 파묻혀서 읽을 여유가 있을 때는 소설을, 잠깐의 짬을 내는 경우라면 중간에 멈춰도 문제가 안 되는 에세이를 읽는다. 화장실에는 주로 신간보다는 여러 번 읽어 익숙한 만화책을 두 권정도 비치해둔다. 새로운 만화에 몰입한 나머지 지나치게 오래 화장실에 머무는 것을 조심해야 하기 때문이다.

침대 옆에는 낮게 책장을 짜놓았다. 여기에는 소설이나 에세이 중에서도 이미 읽었거나, 친숙한 작가의 신간을 둔다. 지금은 무라카미 하루키의 소설과 에세이가 두 줄로 꽂혀있고, 만화도 몇 줄을 차지하고 있다. 자기 전에 보는 책은 이미 읽은 책이거나, 처음 보더라도 아는 작가의 책을 선호한다. 낯선 감정이나 텍스트의 흐름에 놀라서 잠이 달아나서는 안 된다.

생각해보니 공황장애에서 회복되는 과정에 있는 환자들에게도 독서를 권할 때 "새 책을 읽는 것도 좋지만 처음에는 갖고 있는 책 중에 재미있던 것을 다시 읽어보세요"라고 한다. 새로움으로 자극받는 것보다 안전하고 익숙한 콘텐츠로 "아, 책을 다시 읽어도 되는구나"라는 자기 안심을 하는 것이 필요한 시점이기 때문이다.

연구실도 비슷한 과정을 거쳐 책을 배치하는데, 전공서적에 가까울수록 연구실에, 사적인 즐거움이나 집필 자료로 보는 책은 집에 보관하는 걸 원칙으로 한다. 간혹 갑자기 어떤 책이 생각났는데 집에 있는지 연구실에 있는지 헷갈릴 때에는, 이런 원칙에 따르면 덜 헷갈린다. '이렇게까지 해야 하나?'라고 말하는 사람도 있겠지만, 읽어야 할 각각의 이유를 품고 있는 수많은 책들을 더 많이 효율적으로 읽기 위해서 고안한 나름의 최선책이다. 이렇게 배치해놓으면 언제 어디서든 짬이 날 때마다 책을 읽을 수 있다. 시간, 분위기, 상황에 딱 맞는 책들을 미리 선별해서 던져놓으면 언제나 손만 뻗어도 적절한 책을 고를 수 있다. 쉽게 읽기 시작하면 오래 많이 읽을 수 있다. 적절한 책을 미끼같이 투척해놓는 것이 다독의 길에서는 필수 사항이다.

책상 위에 올라온 두 줄에서 그날의 기분에 따라 무작위로 꺼내 읽는다. 재미있어서 몰입이 되면 빠른 속도로 줄이 줄어들고, 바쁘거나 흥미가 안 가는 책이 많으면 계속 사들이는 책으로 책 더미가 높아진다. 그러다가 너무 높아져서 위태로워 보이는 시점이 오고 만다. 그러면 맨 밑바닥에 깔린 채 헤어나오지 못하고 있는 책들을 솎아낸다. 조금 읽고 별로여서 중단했다가 언젠가 보겠지 하면서 둔 책들이다. 이들은 나랑 인연이 아닌 것이다. 이런 식으로 책이 순환하면서 책상 위의 고인물은 썩지 않는다.

책 고르기 3분류의 법칙

나는 '균형 잡힌 독서'를 원칙으로 삼았다. 좋아하는 분야의 책만 읽으면 편하고 재미있지만 뇌가 한쪽으로만 비대해져 결국 탈이 날 수 있다. 편식이 몸에 좋지 않은 것처럼 말이다.

─────────────── 우리나라 출판 통계를 보면 1년에 약 6만 종의 책이 출간된다. 6만 권이 아니라 6만 종이다. 그중에서 내가 읽을 수 있는 책은 아무리 많이 읽어도 1년에 100여 권. 1퍼센트가 600권이니, 0.2퍼센트 남짓인데 이것도 신간만 따졌을 때 이야기다. 장대한 이구아수폭포에서 컵으로 물을 받아 마시는 형국이다.

이렇게 쏟아지는 책들 속에서 어떤 책을 읽을지 고르는 것은 정말 힘든 일이다. 짬뽕과 짜장면 사이의 망설임 따위는 비교할 수 없다. 분명히 읽으면 좋을 책일 텐데, 읽을 수 있는 시간은 턱없이 부족하다. 용돈을 아껴 책을 사던 시절을 지나 이제는 사고 싶은 책을 다 사 볼 수 있게 되었지만, 그렇다고 전부 살 수 있는 것도 아니다. 게다가 구매한 책에는 나름 책임감이 생긴다. '너를 다 읽어주마!'라는 마음가짐이 드니, 사기 전에 신중해질 수밖에 없다. 고민의 폭이 넓어지니 그만큼 마음의 갈등과 괴로움도 커지는 셈이다.

이럴 때는 원칙이 필요하다. 고민을 줄일 수 있는 큰 원칙을 정하는 것이다. 나는 '균형 잡힌 독서'를 원칙으로 삼았다. 좋아하는 분야의 책만 읽으면 편하고 재미있지만 뇌가 한쪽으로만 비대해져 결국 탈이 날 수 있다. 편식이 몸에 좋지 않은 것처럼 말이다.

대형마트에서 한꺼번에 장을 보듯 책은 보통 한 달에 한 번, 많으면 두 번 정도 일괄 구매한다. 앞으로 2~4주간 읽을, 일용할 마음의 식량을 비축하는 일이다. 인터넷 서점의 장바구니에 관심이 가는 책들을 담아놓고 어느 정도 책이 쌓이면 주문을 하는데, 주문 전 마지막 점검 때 가장 치열하게 고민한다. 식구들의 건강을 위해 마트에서 5대 영양소를 고려한 식재료를 고심하며 구입하듯이 서점 장바구니에서 책들을 넣었다 빼면서 신중하게 고른다. 5대 영양소처럼 책을 3가지 카테고리로 분류해, 신중하고 세심하게 고려한 구매 리스트를 만든다. 여러 번의 시행착오 끝에 정착한 나만의 분류법이다.

① 좌뇌 우선 책

인문사회, 과학책 등 알찬 지식을 전달하는 책들이다. 정신의학, 심리서, 뇌과학 등 내 업(業)과 관련되어 공부하기 위한 책이거나, 내 책을 쓰기 위해 참고가 될 만한 정보를 담고 있는 책도 있다. 밑줄을 그으면서 읽어야 하는 책이다.

② 우뇌 우선 책

에세이, 소설, 비소설, 르포, 인터뷰집과 같이 공감하거나 감성을 건드리는 것이 먼저인 책이다. 이런 책은 휴식이고,

딱딱하게 굳어서 먼지가 폴폴 나는 머리를 말랑말랑하게 풀어주는 분무기여야 한다. 생각하고 결론을 내리기보다 느끼고 흥분하고 공감할 수 있는 책이 여기에 속한다.

③ 쾌락중추 우선 책

만화, 일러스트집같이 쾌락을 우선으로 하는 책. 도파민과 세로토닌이 뿜어져 나오는 쾌락중추를 자극하는 책으로, 나에게는 재미만을 주는 책이다. 내 경우는 주로 만화책이다. 우뇌 우선 책이 전반적으로 깊이 있는 감정과 관련되었다면 여기는 주로 즐거움이다. 깊은 감정적 울림보다 표면의 쾌락을 추구한다. 낄낄거리며 웃고, 기발한 생각에 '아하!' 하는 등 읽으면서 마음이 가벼워지는 그런 책들이다. 다음 날 뭘 봤는지 기억에 남는 게 없으면 더 좋다.

이과 오타쿠스러운 구분이지만 꽤 유용한 구분법이다. 일단 큰 틀을 정해놓으면, 확실히 고민의 시간이 줄어든다. 뉴스, 블로그, SNS에서 흥미롭게 언급되거나, 책을 읽다 인용된 책이 마음에 들면 바로 장바구니에 무작위로 넣는다. 결제할 때가 되면 3분류에 따라 덜고 더하고를 시작해 종류에 따라 권수를 적절히 배분한다. 좌뇌 우선의 드라이한 책만 많으면 그 안에서 구미가 덜 당기는 것을 '나중에 살 책'으로 뺀다. 그리고 우뇌적 에세이나 쾌락을 위한 만화책 중에 보고 싶은 것이 있는지 검색하거나, 나중에 살 책 중에서 여전히 관심이 가는 책들을 장바구니로 승격시킨다.

내가 좋아하는 저자, 출판사의 새 책, 그리고 놓치지 않고 읽어야 할 전공이나 관심 영역의 책만 읽기에도 빠듯하다. 관심에서 살짝 먼 책들은 우선순위에서 밀리기 쉽다. 이럴 때 3분류 원칙은 새로운 책을 읽어볼 기회를 준다. 막상 읽어보니 재미도 의미도 없어서 시간만 낭비한 것 같아 화가 날 때도 분명 있다. 그러나 실망이 분노로 전환되어 '다시는 모르는 책은 읽지 않겠어'라는 황당한 결론으로 점프할 이유는 없다.

내 독서의 비중은 아무래도 지식편향적 경향에 치우쳐 있다. 칼로리 높은 고기 위주로 식단을 구성한 것 같다. 오래 질리지 않고 독서를 하려면 의도적 균형이 필요하다. 좌뇌적 독서에 쏠리지 않기 위해 우뇌지향적 책과 쾌락지향적 책이란 두 카테고리나 만들어놓은 것이다. 이렇게 해도 연말 결산을 해보면 둘을 합쳐서 60퍼센트가 되지는 않는다. 그나마 노력을 해서 이 정도 균형을 지키고 있는 것이라 믿는다.

책에 대한 정보는 어디서 얻을까 ─────

정보를 얻는 소스를 여러 곳에 만들어놓고 정기적
으로 살펴보는 것이 괜찮은 책을 만날 확률을 높
이는 길이다.

──────────────────── 생업에 바쁘다 보면 사실 어떤 신
간이 나왔는지 파악하기도 힘들다. 매일 서점에 가는 것도 아
니고, 인터넷 서점을 매일 들여다볼 수도 없다. 출판 담당 기
자의 책상을 찍은 사진을 본 적 있다. 포장도 뜯지 못한 책들
이 산더미같이 쌓여 있는 것을 보니, 얼마나 많은 책이 세상에
나오는지 실감이 났다. 이왕이면 좋은 책, 도움이 되는 책, 재
미있는 책을 읽고 싶은 건 당연하다. 커플 매칭 회사가 성업하
듯 누가 내게 필요한 책을 딱딱 알아서 골라주면 좋겠다. 매달
서점에서 고른 책을 한 권씩 보내주는 서비스가 있다는데, 내
경우는 한 달에 한 권으로는 많이 부족하다. 그래서 나름대로
정기적으로 살펴보는 나만의 소스가 있다.

　2000년대 초반까지는 일간지 토요일 북섹션의 영향력
이 컸다. 세 군데 정도에서 북섹션 1면에 탑으로 소개된 책이
라면 고민 없이 골랐다. 잊고 있다가도 서점에 "○○일보 북섹
션 소개"라는 팝업광고를 보고 살 수 있었다. 매주 담당 기자
들에게 전달되는 수백 권의 책 중에서 편집회의에서 주요도서
로 뽑히고 좋은 리뷰까지 받았다면 양질의 책이 분명했다. 하
지만 몇 년이 지나니까, 뽑히는 패턴이 보였다. 저널리스트나
유명 석학인 외국 저자로, 사회, 정치, 경제에 관한 큰 담론을
다루고 있으면서 메시지가 분명하고, 무엇보다도 두께가 어느

이상이 되어 일주일 안에 한 권을 소화하기가 어려운 분량의 책이었다. 의미 있고 좋은 책이지만, 두껍고 지루한 책이 소개되는 창구로 느껴져 이제는 선뜻 장바구니에 담지 않게 되었다.

인터넷 서점의 노출이 일간지 북섹션의 자리를 대신했다. 책 구매의 90퍼센트를 인터넷으로 하니, 인터넷 서점 사이트나 모바일 앱을 자주 이용한다. 이때 노출되는 책에 눈이 간다. 다른 책을 찾으러 가서도 전체 초기화면, 문학, 인문, 과학 섹션의 초기화면을 둘러본다. 빵집에 식빵을 사러 갔다가 진열대에 방금 막 나온 따끈따끈한 고로케나 소세지빵을 그냥 지나칠 수 없는 것과 같다. 출간된 줄도 몰랐던 관심 저자의 신간이나 관심 있는 주제를 다룬 새로운 책을 만날 수도 있다. 하지만 마케팅의 영향력이 큰 곳이라서 신뢰가 덜 가는 것도 사실이다.

세 번째는 책을 읽다가 저자가 인용하거나 언급한 책을 기록해놓고 찾아보는 것이다. 정신과 의사이자 작가인 김건종의 《마음의 여섯 얼굴》을 읽다가, 무릎을 탁 치게 되는 부분이 있었다. 어떤 사람이 폭력적이 될 때 그 이유를 이해하기 어려울 때가 종종 있다. 타고나기를 공격적인 사람도 있지만, 의외로 소심하고 약해 보이는 사람이 폭주할 때도 있기 때문이다. 그 궁금증에 실마리를 주는 부분을 이 책에서 발견한 것이다.

폭력의 배후에는 상처와 무기력과 두려움이 있다. 마음이 튼튼한 아이들은 굳이 타인을 괴롭히는 방식으로 감정을 해소할 필요가 없다. 어린 시절의 상처가 어른의 마음속에 어떤 흔적을 남기는지를 평생 탐색했던 앨리스 밀러는 이렇게 말한다.

"자기보다 약한 사람들을 무시하는 것은 무력함에 대한 자기감정을 회피하는 게 가장 좋은 방어다. 그것은 분열된 약함의 표현이다."

이런 통찰을 보여준 앨리스 밀러가 누구인지 궁금해진 나는 바로 뒤편의 참고문헌 리스트를 펼쳐보았다. 《천재가 될 수밖에 없는 아이들의 드라마》의 저자로 그 책에서 인용한 글이었다. 바로 앱을 열어 장바구니에 넣었다.

책을 소개하는 책에서도 정보를 얻는다. 의외로 이런 책들이 맛집일 때가 많다. 특히나 저자가 나와 취향이 비슷하거나 결이 맞는 작가일 경우에는 더욱 그렇다. 영화평론가 김봉석은 유명한 하드보일드 소설 전문가다. 그가 쓴 《하드보일드는 나의 힘》은 그가 좋아하는 소설 38권을 소개하고 있다.

이 책을 한 챕터씩 읽으면서 마음에 드는 책을 고른다. 그렇게 알게 된 책이 돈 윈슬로의 《개의 힘》, 톰 롭 스미스의 《차일드 44》였다. 이렇게 한 번 읽고 나면 그 저자의 다른 책들도 자연히 구해서 보게 된다.

네 번째로 최근 많은 정보를 얻는 곳은 SNS나 블로그다. 평소 관심사를 잘 아는 지인의 SNS나 특정한 분야에 좋은 리뷰를 올리는 블로그를 구독하다가 책에 대한 정보가 올라오면 점찍어 두었다가 구입한다. 그 사람이 가진 취향의 결과 정보의 수준을 잘 알고 있기에 그가 좋아하는 것이라면 내게는 어느 정도의 연결성이 있을지 감을 잡고 있기에 쉽게 선택할 수 있다. 심리 서적보다는 내가 잘 모르는 소설이나 에세이, 인문서, 경제나 정치 관련 서적에 대한 정보가 도움이 많이 된다.

마지막은 오프라인 서점을 직접 가보는 방법이다. 대형 서점은 주로 출간 사실을 이미 알고 있지만, 확신이 없는 책의 상태를 확인하기 위해 이용하는 편이다. 인터넷으로 볼 수 있는 쪽수, 저자 소개, 목차만으로는 알 수 없는 책 자체의 물성과 편집 스타일, 가독성 등을 한눈에 확인할 수 있다. 최근에는 작은 서점도 자주 이용하는 편이다. 이곳에서는 소믈리에에게 와인 추천을 부탁하듯이 서점 주인에게 책을 권해달라고 부탁할 때도 있다. 보통 주인의 취향이 듬뿍 담긴 책을 추천해 주는데, 까다로운 내 취향을 잠시 접고 책을 받아들면 의외로 성공 확률이 꽤 높다.

　정보를 얻는 소스를 여러 곳에 만들어놓고 정기적으로 살펴보는 것이 괜찮은 책을 만날 확률을 높이는 길이다. 여기에 소개한 방법 중 모바일로 인터넷 서점에 접속해서 살펴보는 것이 제일 자주하는 방법이다. 확률이 가장 높은 것은 신간은 블로그나 SNS 추천으로, 혹은 책을 읽다가 인용된 책을 구하는 것이다. 나는 세 가지 정도의 방법을 이용하지만, 적이도 두 가지 정도 각자 자기만의 방식을 찾아놓는 것도 책을 좋아하지만 바쁜 사람들에게는 꽤 도움이 될 것이다.

완독의 기준

'이 정도면 됐어'라는 만족 독서를 기꺼이 인정한다
면, 충분히 삶의 평온함을 얻을 수 있을 것이다. 그
러나 아직까지 나는 조금 더 치열하게 읽고 싶다.

── 책을 선택했다면 어디까지 읽어야 '읽었다'라고 인정하고, 또 말할 수 있을까? 볼 시간은 한정되어 있고, 바쁜 생활에 여유도 없다. 여러 번 읽기도 어렵고 한 권을 다 읽기도 힘에 부친다. 가끔은 도대체 왜 이런 책을 내가 들고 있어야 하지 하는 본질적 의문이 드는 걸 붙잡고 있을 때도 있다. 이때 역시 원칙이 필요하다. 스스로 원칙을 세우는 걸 좋아하는 인간이라는 걸 다시 깨달았다. 원칙이 없다면 인생은 중구난방이 된다.

누군가 타라 웨스트오버의 《배움의 발견》이 어떠냐고 물어봤다고 하자.

"재미있어요. 심하게 종교에 몰입한 아버지가 모든 교육과 과학을 거부하고 가족을 세상과 격리시킨 채 살아가는데, 그 가족에서 빠져나온 딸이 대학에 들어가고, 또 박사 학위까지 따게 된 이야기예요. 놀라운 건 그게 21세기 미국에서 벌어진 사건이라는 것이죠."

이 정도로 단번에 정리해서 말할 수 있다면 다 읽었다는 것이다.

만일 불안에 관해 설명한 책을 찾는다면서 알랭 드 보통의 《불안》이 어떤지 묻는다고 하자.

"아…… 알랭 드 보통, 《불안》 많이 보더라고요. 책은 갖고 있는데…… 불안에 대한 책이 다 거기서 거기 아닌가요?
인문학적 성찰이 돋보이기는 하던데요."

　　이런 식으로 애매하게 얼버무린다. 책장을 살펴보니 같
은 책이 두 권 있다. 사놓고 또 산 것이다. 그의 글 스타일로 불
안을 이야기하는 게 내게 썩 와닿지 않아서 읽다가 만 책이다.
50페이지 정도 읽어가다가 이건 아니라는 판단에 그만두고 목
차만 보고 말았던 것 같다. 《불안》은 스테디셀러라 한 번은 봐
둬야 하는 책이라는 의무감이 있었지만, 역시 다 읽지 않았으
니 말하기 난감하다.

　　이런 애매한 상황에 대해서 나만 고민한 것은 아니다.
프랑스의 문학교수이자 정신분석학자 피에르 바야르는 《읽지
않은 책에 대해 말하는 법》이라는 노골적인 제목의 책까지 썼
다. 그는 완독에 대한 부담을 철학적 비평으로 돌파했다. 독서
의 신성시화, 정독의 의무를 비판하며 제대로 읽지 않은 책도
충분히 대화가 가능하다고 말한다. '완벽히 제대로 읽는 것'은
현실에서 불가능한 독서 행위이기 때문이다. 읽는 순간 망각이
시작되고, 그 누구도 같은 텍스트를 똑같이 읽지 않기에 해석
도 제각각일 수밖에 없다.

　　그래서 완독률을 따지기보다 발췌독이라도 30퍼센트
정도면 읽었다고 치자는 과감한 주장을 한다. 내 경우에는 "이 책

을 읽었다"라고 죄의식 없이 말하려면 60퍼센트는 되어야 양심에 덜 찔린다. 강한 어조로 눈을 맞추면서 "읽었죠"라고 하는 선은 80퍼센트다. 듬성듬성 읽은 책은, 뒤로 가면서 동력이 확실히 떨어지는 책, 저자가 이전 책의 동어반복을 하는 책, 반 정도 읽고 마저 읽으려니 흥미가 떨어져 버린 책, 흥미 있는 부분만 골라 읽은 책이다. 바야르의 이런 당당한 태도가 멋졌지만, 솔직히 책은 재미없었다. 많은 인용과 논증에도 번드르르한 변명과 합리화라는 의심이 들었다.

　　물론 발췌독이 가치 없는 독서는 아니다. 모든 책의 함량은 일정하지 않고, 내가 건져먹을 것은 몇 군데 정도로 충분한 책이 많다. 바닷물을 다 마셔봐야 이게 강인지 바다인지 구별할 수 있는 건 아니다. 발췌독의 대상은 주로 '벽돌책'이라 불리는 교과서급 단행본이다. 이런 책은 중간에 관심 가는 영역만 봐도 된다. 모르는 주제의 큰 그림을 그릴 때 서문과 개념을 다룬 앞부분이 도움이 된다. 다 읽으려 덤비면 머리에 과부하가 걸리고, 내용을 오해하기도 쉽다. 책의 윤곽을 그리고, 목차를 잘 읽고, 한두 챕터를 찬찬히 읽어보는 것으로 발췌독은 충분하다. 가치가 있는 책이라면 책장에 꽂아 놓았다가 언젠가는 꺼내 보면 된다. 그런 낙관적 희망을 주는 책은 살아남고, 이 과정에서 '아니다' 싶은 판단이 내려진 책은 부피까지

크니까 머지않아 도태되어 책장에서 사라진다.

　그럼에도 나는 다른 사람들보다 완독의 기준점이 높은 편인 거 같다. 꾸역꾸역 다 읽고 완주했다는 쾌감이자 도덕적 완결감이 책을 자유롭게 즐기는 것보다 강하다. 피곤한 인생이지만 어쩔 수 없다. 골라 읽기와 중간 중간 빼먹기, 적당히 보다가 '이 정도면 됐어'라는 만족 독서를 기꺼이 인정한다면, 충분히 삶의 평온함을 얻을 수 있을 것이다. 그러나 아직까지 나는 조금 더 치열하게 읽고 싶다.

책을 완전히 내 것으로 만드는 방법

그냥 읽는 게 아니라, 내 안에 담겨 있는 경험, 지식, 감정과 만나서 화학작용을 일으킨 다음에야 그 내용은 온전히 내 것이 된다. 독서의 희열은 바로 이 지점에서 발생한다.

──────────── 책을 다 읽고 나서 내 손에 들린 책이 더러워져 있을 때 나는 뿌듯한 만족감을 느낀다. 손때가 묻고 필기의 흔적이 많이 남아 있을수록 내 안에 그 책의 내용이 많이 담겼다는 걸 의미하기 때문이다. 나는 좋은 책일수록 마구 더럽혀야 한다고 믿는다.

처음 10~20페이지를 읽을 때 느낌이 온다. 머리말과 1장을 읽으면서 바로 펜을 들고 줄을 긋기 시작할 수밖에 없는 책과 그 정도의 감흥은 없는 책으로 말이다. 줄을 그을 부분이 바로 보이면 신이 난다. 월척이 걸린 무게감으로 팔에 바짝 힘을 준 낚시꾼 같은 흥분이다. 인상적인 부분이 있으면 무조건 줄을 잔뜩 치면서 읽는다. 펜은 붉은색이나 파란색이 좋다. 시험공부를 하는 친구들이 색깔로 구분해서 정리하고 암기한다고 하는데, 나는 그렇게까지 하지는 않고 적당히 표시를 하고 메모하기에 좋은 색이면 충분하다. 다만, 형광펜이나 마커는 글씨 쓰기가 불편해서 잘 사용하지 않는다. 연필은 잠자리표 톰보 모노 시리즈, 굵기는 B나 2B가 메모하기에 제일 좋다. 너무 얇고 단단하면 서걱거리고, 너무 두꺼우면 심이 빨리 닳아 불편하다. 최근에는 클러치펜슬에 꽂혔다. 파버카스텔의 TK-4600과 TK-9400이 딱 좋다. 무게중심이 딱 손에 잡히고 심도 적당히 단단해서 줄 긋고 쓰는 데 연필깎기를 찾지 않게 해준다.

생각나는 부분이나 정리할 부분, 페이지 전체를 요약할 주제가 있으면 우측이나 위쪽 여백에 메모를 해둔다. 줄을 너무 많이 그어놓으면 나중에 진짜 중요한 부분이 어디였는지 찾기 어렵다. 그래서 특히 새로운 정보나 깨달음을 주는 문단을 발견하면 줄을 긋고 난 다음에 박스를 치고, 우측에 V 표시를 해둔다. 바로 이 부분이 알짜라는 표시다.

카페에 잠시 앉아 있거나, 기차를 타고 이동을 할 때는 펜을 들고 읽기 어려울 수 있다. 이럴 때에는 나중에 다시 정리를 하려고 페이지 모서리를 접어 체크만 해둔다. 접은 부분이 많은 책이 역시 괜찮은 책이다. 빌린 책인 경우 접거나 줄을 그을 수 없다. 이럴 때 유용한 것이 포스트잇이다. 그래서 포스트잇이나 메모용 태그는 언제나 책상 위나 가방 안에 넉넉히 갖고 있다. 책을 읽다가 마음에 드는 부분이 있으면 바로 포스트잇을 붙이고, 시간이 될 때 그 부분을 옮겨 적는다. 줄을 그을 펜이 없을 때는 메모 태그를 쓰면 좋다. 리뷰를 쓰거나 북토크를 하러 갈 때, 어느 부분을 인용할지 집어낼 때도 유용하다. 그럴 여유가 없거나, 내용이 꽤 많으면 사진을 찍어두기도 한다.

이렇게 줄을 긋고 메모하는 것은 내가 책과 관계를 맺

는 방법이다. 아무리 재미있고 좋은 책이라도 통째로 다 외울 수 없다. 결국 내게 남는 것은 내가 적극적으로 줄을 긋고 메모하고 사진을 찍은 조각조각들이다. 한 줄을 읽고 다음 줄로 넘어가면 결국 앞줄은 기억에서 사라질 준비를 한다. 그나마 조각으로 캡처된 부분들이 머리에 남고, 나중에 조각들은 섞인다. 기억의 파편들이 내 감정과 인생의 파편까지 함께 섞여 패브릭같이 다시 내 안에서 직조된다.

책을 읽으며 알게 된 지식들이 한쪽에 모여 줄을 짓는다. 반대쪽에서는 내 삶의 경험 속 조각들이 다른 색의 줄을 만든다. 이 둘이 서로 만나 직조해 새로운 패브릭을 만든다. 그 안에서 새로운 아이디어나 깨달음을 얻는 것이다. 그냥 읽는 게 아니라, 내 안에 담겨 있는 경험, 지식, 감정과 만나서 화학작용을 일으킨 다음에야 그 내용은 온전히 내 것이 된다. 독서의 희열은 바로 이 지점에서 발생한다. 내게 기억으로 남는 것들은 책의 온전한 모습이 아니라, 이렇게 새로 짜여진 패브릭이다. 사람들이 같은 책을 읽어도 기억하는 내용이 모두 다른 이유다.

요즘에는 유튜브나 팟캐스트가 인기지만, 종이책을 읽는 방식으로 기록하고 정리할 수 없다. 그에 비해 책은 책만의 물성이 갖는 힘이 있다. 전자책을 전용 리더기로 읽으면서 줄을 긋고 책갈피 등의 표시를 하는데, 아무래도 전자책은 그 느낌이 나지 않는 것 같다. 책을 괴롭히고 싶어도 그럴 수 없으니 전자책으로는 지식 위주의 책보다는 소설이나 에세이 종류를 읽게 된다.

지저분하게 읽는 책은 1년에 10권 이내로 만나는 희귀한 책이긴 하다. 그러나 이런 책은 내가 치른 가격 이상의 가치를 지닌 책이다. 책이란 1~2만 원의 재화를 치르고 타인의 지식의 정수를 뽑아낼 수 있는 가장 쉽고 편한 방식이기에, 나는 최대한 기억하고 내 것으로 만들고 싶다.

책을 읽으면서 이리저리 해체한 정보의 편린, 느낀 감정의 조각들은 내 안에 있던 다른 감정, 기억과 만나 화학작용으로 대사되거나, 씨줄과 날줄로 직조되면서 드디어 내 머릿속에 안착된다. 그 과정이 독서의 진수이고 책을 내 것으로 만들어가는 과정이다.

독서의 생산성 높이기

계통 없이 양만 많은 정보가 내 아이디어를 만나고, 독서로 뽑아낸 정보를 모아놓은 에버노트를 거치면서 쓸 만한 내용으로 거듭난다. 오래된 독서 행위와 앱이 만나 획기적으로 생산성이 높아진 것이다.

─────────────── 책을 읽으면서 참고할 곳, 남기고 싶은 부분에 줄을 긋고, 포스트잇을 붙인다. 나중에 찾아보기 위한 것인데, 갖고 있는 책이 100권 안쪽이라면 가능한 방법이다. 1천 권이 넘어가면 '나중에' 찾기란 불가능하다. 어딘가 따로 저장을 해야 하고, 찾기 쉬워야 한다.

글을 쓰고 책을 내는 사람 입장에서 적절한 인용구, 개념, 실험, 사례, 역사적 사건 등을 잘 정리해두는 것이 중요하다. 어느 정도의 저장강박(compulsive hoarding)이 필요한 이유다. 독서 본연의 즐거움만큼이나 자료로 쓰기 위한 독서도 중요한 목적의 하나다. 고전적으로는 메모카드나 색인카드를 쓴다. 표시해놓은 문장을 옮겨 적고 색인을 해서 분류해놨다가 필요할 때 꺼내 본다. 다큐멘터리나 영화 속 노학자의 서재를 보면 흔히 볼 수 있는 풍경이다. 농경적 근면성이 돋보이고 아날로그적 멋이 있지만, 지금은 21세기다.

2000년대까지는 책을 읽는 중간이나 읽고 난 다음에 시간을 내어 워드프로세서로 파일을 만들어 정리해뒀다. 파일 제목은 최대한 상세히 하고, 폴더별로 정리를 했다. 문제는 파일명이 아닌 내용을 검색할 수 없다는 점이다. 그래서 블로그를 시작한 초기에 'POST IT'이란 폴더를 만들어 인상적인 문장을 적어놓았다. 검색은 용이하나, 한 번에 10개가 넘는 글을 빠르게 보기에는 적합하지 않고, 인터넷에 접속해야만 볼 수 있는 문제가 있었다.

여러 가지 한계로 고민하던 중 알게 된 앱이 '에버노트'다. 2008년 출시된 메모필기앱으로 모든 기기에서 자동으로 연동할 수 있는 특징이 있었다. 장치의 제한이 없어 핸드폰, 노트북, 집과 연구실의 PC, 아이패드에서 모두 동기화가 되므로 언제든지 불러들이고, 자료를 입력할 수 있다. 나처럼 언제 어디서든 책을 읽을 준비를 하고 있는 사람에게 굉장히 편리한 기능이었다. 더욱 놀라웠던 점은 정보를 저장하고 가공하며 검색하는 데 탁월하게 편리하다는 점이었다. 파일 저장 중심의 다른 프로그램에 비해 텍스트 자체를 저장할 수 있고, 사진, 파일첨부, 녹음, 웹텍스트의 캡처와 동시에 링크 저장까지 가능해, 글을 쓸 때 필요한 자료를 잘 정리해야 하는 나에게는 완벽한 프로그램이었다. 인터넷 브라우저에 에버노트 웹클리퍼를 깔아두면 웹서핑을 하다가 관심 정보가 있을 때 아이콘만 누르면 바로 스크랩이 된다. 텍스트뿐 아니라 이미지, PDF, 오피스 문서 안의 텍스트까지 모두 검색해준다. 2011년 프리미엄 유료 서비스에 가입해서 연 69달러를 지불하고 있는데, 한 번도 아깝다고 생각한 적 없다. 그만큼 내가 의지하고 애정하는 앱이다.

물론 편하다고 정보를 쓸어 담기만 하면 막상 필요한 내용을 찾으려고 할 때 혼란스러울 수 있다. 애초에 분류와 관리에 에너지를 써야 한다. 요즘 사용하는 방법은 책의 본문 사진을 찍어서 저장하는 것이다. 그래프가 같이 있거나 사례의 내용이 꽤 길 때에는 특히 사진이 유용하다. 사진을 찍어 사진이 아닌 '문서'로 캡처하도록 지정을 하면 나중에 키워드 검색을 할 때 모두 검색 대상이 된다. 기억해야 하는 페이지의 사진을 찍어 올리고, 겉장을 찍어서 맨 마지막에 올린다. 제목만 잘 적어놓으면 나중에 어떤 내용인지 금방 알 수 있다. 시간이 남으면 책을 다 읽고 난 다음 책 제목만 사진이 있는 노트에 써놓는다. 검색이 훨씬 용이하다.

본문에서 유명한 연구나 실험이 소개되면 역시 에버노트에 옮긴다. 책의 후반부에 실린 색인집을 찾아서 구글 검색을 하면 쉽게 원문을 찾을 수 있다. 본문의 내용을 사진으로 찍거나 옮겨놓고, 이 실험이나 연구의 본 연구 링크와 초록을 에버노트로 옮긴다. 키워드 태그도 붙인다. 이렇게 해놓으면 언제든지 "아, 그거 어디 있더라?" 하는 생각이 떠오를 때 금방 검색해서 찾을 수 있다. 이런 방식으로 지금껏 모은 자료가 1만 1천 개다. 처음에 1~2분 품을 들여서 태그와 제목, 링크를 잘 지정해놓으면 나중에 검색할 때 한결 편하기에, 독서의 흐름이 끊어지고 귀찮은 마음이 들더라도 차후의 글쓰기를 위해 꼭 정리해놓고 있다.

이렇게 구축한 에버노트는 책을 읽으면서 정보를 취득한 다음, 그 정보를 언제든지 꺼내 볼 수 있도록 커다란 창고에 잘 보관해 두는 역할을 한다. 태그에 따라, 카테고리에 따라 쉽게 검색하고 핵심만 뽑아낼 수 있는, 개인화 구글이다. 읽은 책들이 책장에 꽂힐 때에는 책 한 권씩 저장된다. 이들을 내 기억과 생각 안에서 글로 변환할 때에는 지그재그로 엮어서 정보들이 하나의 흐름 안에 통합되어야 한다.

책을 쓸 때 먼저 목차를 만들고, 에버노트를 검색해서 필요한 정보를 목차의 소제목에 잘 집어넣는 작업을 가장 먼저 한다. 일종의 기초공사다. 이 작업이 끝나면 세부 계획까지 끝난 설계도면이 나온 셈이다. 쓰는 일만 남는다.

그냥 흩뿌려놓으면 아무 연관성 없는 정보 더미일 뿐이다. 다양한 색깔과 모양의 레고 블럭들이 만드는 이의 손에 의해 멋진 구조물로 완성되듯, 이런 정보들을 자기만의 법칙과 방법으로 재구성하면 새로운 결과물이 탄생한다. 과거의 작가들은 메모카드를 이용했지만 아날로그적 방식의 한계가 있다. 계통 없이 양만 많은 정보가, 내 아이디어를 만나고 이를 뒷받침할 독서로 뽑아낸 정보를 모아놓은 에버노트를 거치면서 쓸 만한 내용으로 거듭난다. 오래된 독서 행위와 앱이 만나 획기적으로 생산성이 높아진 것이다.

　김정운의 《에디톨로지》에도 에버노트에 대한 애정 고백이 나온다. 그도 에버노트로 수많은 정보를 관리하고 있고, 책 제목에서 말하듯이 정보를 편집하고 재가공해서 글을 쓰는 데 활용하고 있다. 그에 따르면 이어령 선생의 에버노트에는 1만 4천 개의 노트가 저장되어 있다고 한다. 나는 아직 갈 길이 멀다.

일 년간의 독서 지도 그리기

내가 읽은 것들을 보면 내 한 해의 마음이 보인다.
어디에 더 관심을 가졌고, 무엇에 감정적 반응을
했는지 말이다. 독서가 삶의 중심이 된 사람에게
연결산은 그해 내 마음의 모습을 가감없이 보여주
는 거울이다.

─────────────────── 연말만 되면 고민하면서도 늘 시작하는 리추얼이 있다. 독서 연결산이다. 2008년부터 1년간 읽은 책들을 정리해서 블로그에 올리고 있다. 방송 3사가 연예대상, 연기대상, 가요대상에서 상을 뿌리듯 한 해 동안 나온 책들 중 내가 읽은 책에 한해서 나름의 상을 주고 평가를 한다. 20~30권 정도면 부담 없겠지만 보통 100권, 많을 때는 200권에 육박하는 경우도 있어서 어떤 때는 리스트를 따다가 옮기는 것만으로도 큰일이다. 그럼에도 이런 리추얼을 끊지 못하고 있다. 이 역시 강박의 결과물이라고 할 수 있지만, 조금 다르게 말하면 성실함이라고 할 수도 있지 않을까.

이 책을 쓰면서 10년 정도의 읽은 기록을 정리해보았다. 하나하나 읽을 때에는 보이지 않던 큰 흐름과 패턴이 보였다. 매년 연결산을 할 때와 크게 다르지 않지만 사람은 참 바뀌지 않는 존재이고, 취향이란 어쩔 수 없다는 것이 분명해졌다. 전체를 보면 비소설, 에세이, 실용서 계열이 양적으로 많고, 인문사회과학 서적의 비중이 크다. 그에 반해 소설이나 시와 같은 문학은 상대적으로 적은 편이다. 나라는 인간이 드라이하고, 정보를 흡입하려는 욕구가 강한 독서패턴을 갖는 사람이라는 것이 뚜렷했다. 독서 총량과 관계없이 10년간 카테고리별 비중은 큰 차이가 나지 않는다. 전체 비중을 정리해보았다.

전체를 정리해보면 단독으로는 비소설, 에세이, 실용서가 33퍼센트로 가장 많고, 인문사회과학이 다음인데, 정신의학, 뇌과학, 심리서가 비슷한 책들이니 합치면 38퍼센트로 제일 큰 파이를 차지한다.

매년 읽은 책 중에서 제일 좋았던 책을 분야별로 두 권 정도씩 뽑는다. 이 순간이 제일 고민이 된다. 마음에 드는 책이 참 많았는데, 그중에 두 권씩 추려내자니 가슴이 아프다.

연말연시 한 권 한 권 읽은 책에 단상을 남기고, 나름의 평가를 한다. 분류를 하고, 마지막으로 이렇게 올해 최고의 책을 뽑는다. 꽤 긴 시간이 걸리지만 이 역시 독서의 마무리이자 납회, 종무식이란 마음으로 꾸준히 하는 중이다.

처음은 단순했다. 인터넷 서점의 주문내역이 눈에 들어온 것이다. 1년치를 모으니 구매 리스트가 되었다. 학교 도서관에서 빌린 책은 홈페이지에서 대출 리스트가 있었다. 오프라인 서점 구매 도서는 몇 권 안 되어 보였다. 첫 해에는 이렇게 갖고 있는 자료를 한 번 정리하는 일일 뿐이었다. 해를 거듭하며 매년 읽는 양이 늘어났고, 재미로 시작한 것이 어느새 반쯤 의무가 되었다. 그런데도 매년 하는 이유는 결산을 마치고 난 다음 복잡하게 엉켜 있던 머릿속이 명료해지고 1년 독서 농사로 수확한 것들을 잘 정리한 저장 창고를 보는 일 때문이다.

이제는 이렇게 해야 1년이 비로소 끝나는 기분이 든다.

정신과에서도 이렇게 정리하고 기록하는 일이 중요하다. 다른 사람의 정신치료 과정을 지도 감독할 때 그 사람은 자신의 치료 과정을 적어서 온다. 내담자의 삶에 대해서, 뭐가 문제인지 3~4페이지에 정리해 적어온 내용을 가져와 처음에는 문제와 치료 방향에 대해서 논의한다. 그리고 매번 지도 감독을 할 때마다 그 사이 치료 과정에 있었던 일들, 상담 내용을 정리해서 적어온다. 녹취해서 풀어쓰듯 모든 대화 내용을 적어오는 것을 버바팀(verbatim)이라고 한다.

초심자들은 치료 시간에 오고간 모든 버바팀을 적어온다. 복기하고 쓰는 것도 큰일이다. 반년치 치료 세션을 정리하면 책 한 권이 될 정도다. 정리하는 사람도 읽는 사람도 고역이다. 너무 많은 정보로 인한 혼선이 생긴다. 나는 보통 치료 시간이 끝난 후 바로 적지 말고 반나절 정도 묵힌 후에 적을 것을 권유한다. 그러면 그 시간에 진짜 중요했던 내용만 남는다. 한두 줄만으로도 충분하다. 그렇게 모아야 흐름이 보인다. 한마디가 핵심일 때도 있고 어쩌면 놓치는 부분이 있을 수도 있다. 그렇지만 그보다 중요한 것은 전체 치료의 맥락과 흐름을 스스로 이해하는 것이고, 치료자가 그날 느끼고 판단한 내용이 그 흐름을 연결시키는 포인트가 되기 때문이다. 보통은 그

것만으로도 충분하다. 어떤 선생님은 버바팀을 놓고 하나하나 풀어가는 걸 선호하는 데 반해 나는 큰 흐름을 보는 걸 더 중요하게 보는 편이다. 서너 번의 세션을 네다섯 줄로 묶어서 정리해보라고 요청하기도 한다. 몇 개월, 길게는 수년씩 지속하는 정신치료 과정에서 미시적인 분석보다 큰 흐름과 윤곽을 놓치지 않는 게 치료자로서 더 중요한 일이라 믿기 때문이다.

연결산도 그렇다. 책 한 권을 읽고 나서 리뷰를 쓰는 것을 한 세션이 끝나고 버바팀으로 정리하는 것으로 생각해보면, 연결산은 1년간 독서의 윤곽과 흐름을 그려보는 작업이다. 오랜 기간 지속되는 정신치료 과정에 길을 잃지 않기 위해서 치료자가 지도 감독을 받으려 그동안의 치료 과정을 정리하는 것과 비슷하다고 생각한다.

독서 연결산에서 단평을 쓰는 것도 그런 효과가 있다. 짧게라도 스스로 포인트를 짚어보면, 흐름을 볼 수 있다. 나는 영화평에서 차용해 책 제목, 단평과 인상, 그리고 별점을 매기는 식으로 정리한다. 길게 쓰기도 하지만, 기본적으로는 다시 책을 꺼내 읽으면서 쓰지 않고, 머릿속에서 떠오르는 평가와 느낌을 중심으로 쓴다. 이렇게 정리를 하면, 어떤 책은 내용까지 생생해서 읽을 당시의 포만감이 다시 느껴지지만, 기억이 나지 않아서 검색해봐야 할 정도로 존재감이 없는 책도 있다.

볼 때는 재미있었지만 다시 책 제목을 보니 시시해 보이는 책도 있다.

이렇게 1년치를 모아서 단상을 쓰면 책의 핵심 주제가 정리되고, 1년 독서의 전반적인 그림이 그려진다. 비로소 올 한 해 내 머릿속에 뭐가 들어왔는지, 어떤 영역의 책을 주로 읽었는지 일종의 사유의 지도가 완성되는 것이다. 이 그림을 펼쳐놓고 보면 올해 독서 농사의 만족스러운 부분과 아쉬운 부분이 잘 보인다. 좋았던 책에 취하거나 선호하는 작가의 망작에 속상했던 감정에서 벗어나 거리를 두고 객관적으로 그해 내 독서패턴을 본다. 옳다 그르다 판단하지 않고, 좋다 나쁘다 감정적으로 반응하지 않은 채 "아, 올해 내가 이런 패턴으로 책을 읽었구나" 하는 마음만으로 바라본다. 내가 읽은 것들을 보면 내 한 해의 마음이 보인다. 어디에 더 관심을 가졌고, 무엇에 감정적 반응을 했는지 말이다. 독서가 삶의 중심이 된 사람에게 연결산은 그해 내 마음의 모습을 가감없이 보여주는 거울이다.

명예의 전당

책장의 책들을 주기적인 솎아냄으로 새로운 공간
이 만들어지고 가려져 있던 내 취향이 나타나며
자리를 잡을 수 있다. 이것이 내가 나를 이해하는
과정이다.

─────────────────── 한없이 많은 책을 안고 갈 수는 없다. 모두 간직하는 것은 모든 것을 기억하려는 것과 같다. 이건 정신건강에 해로운 일이다. 남겨놓고 싶은 기억을 오래 간직하기 위한 좋은 방법은 정말 중요한 것은 남기고 자주 회상하되, 그렇지 않은 것은 빨리 정리해서 잊어버리는 것이다. 많은 이들이 망각을 두려워하지만 좋은 기억 시스템의 유지를 위해서 '잊어버림'이 꼭 필요하다고 한다. 어릴 때부터 익힌 수많은 것들이 차곡차곡 쌓여서 성인이 된 다음에도 계속 남아 있다면 혼란스럽기만 할 것이다. 한 살 이전의 아기들에게는 기어다니는 것이 유일한 운동 방법이다. 그렇지만 성인이 된 지금 다시 기어보려면 매우 어색하다. 걷고 뛰는 방법이 더 나으니 기는 능력은 자연히 소멸된 덕분이다. 안 쓰는 기억은 새로운 기억에 자리를 물려주기 위해 정리되어야 한다. 이반 이스쿠이에르두는 《망각의 기술》에서 "우리가 잊는 것이 결국 우리 자신을 만든다"라고 말한다.

읽을 시간과 여유는 한정적이고 책은 매주 새로 나온다. 언제 어디서나 책을 읽기 위해서 중간 분류소처럼 안 읽은 책을 세팅해놓았다면, 읽은 책들은 재빨리 솎아내어 새로 들어오는 책들에게 자리를 내줘야 한다. 여기에도 역시 빠르게 판단하기 위한 3분류가 적용되는데, 어울릴 만한 사람에게 주거나 중고서점으로 보낼 책, 나름 재미있게 읽어서 일단 보관해두고 싶은 책, 그리고 내 취향에 맞는 책들만 모아놓은 '명예의 전당'에 보관하는 책이다.

이 '명예의 전당'에 들어가는 책은 주로 과감하게 더럽히며 읽은 책들이 대부분이다. 밑줄을 긋고, 접고, 포스트잇을 붙인다. 버릴 게 없는 책이다. 혹은 완전히 새로운 감성을 주는 책이다. 글의 스타일, 책의 구조, 저자의 이야기나 지향점이 지금까지 보지 못했던 감성을 주고, 독창성이 확연히 느껴진다. 사유의 깊이가 느껴져 저절로 무릎을 꿇고 싶게 하는 경우도 있다. 안타깝기도 하고 다행인 것은 이런 느낌의 책은 흔치 않다는 것이다.

오직 하나의 책장만 '명예의 전당'으로 정해놓았다. 세어보니 8단 책장으로 약 400권 정도가 들어간다. 물론 한 번 들어왔다고 해서 영원히 간직하는 것은 아니다. 이미 빼곡한 이 책장의 원칙은 새로 들어오는 책이 있으면 누군가는 나가야만 한다는 것. 책장은 정신분석, 심리학 관련 책 두 단, 인문사회과학이 네 단, 산문과 문학류가 두 단으로 얼추 영역 구별을 해놓았다. 가능하면 이 배분을 흐트러트리지 않으려 한다. 지난 몇 년간 한 번도 들추지 않은 책, 전에는 열광하던 주제였지만 지금은 관심이 덜한 주제의 책이 이곳에서 뽑혀나갈

일차 대상이다.

여기서 나온 책들은 다음 등급의 일반 서가로 옮겨진다. 당연하지만, 그 자리에 있던 책 중에 역시 오랜 기간 들춰보지 않았고, 어떤 책인지도 가물가물한 책은 역시 솎아져서 자리를 내줘야 한다. 마지막까지 밀려 나온 책은 바닥에 쌓여서 어느 이상 덩어리가 되면 중고서점으로 가거나, 주변에 나눠주면서 내 손을 떠난다.

이런 순환주기 속에서도 초창기부터 지금까지 꿋꿋이 자기 자리를 지키고 있는 책들이 있다. 몇 권을 뽑아보았다. 스티븐 제이 굴드의《풀하우스》, 스티븐 어스테드의《인간은 왜 늙는가》, 스티븐 스트로가츠의《동시성의 과학, 싱크》, 나심 탈레브의《블랙스완》이다. 짐작하겠지만 사회와 생명의 기본적 시스템과 원리에 대한 인사이트를 준 책들이다.

이 과정에서 평소에 인식하지 못했던 '나'의 정체성을 인식할 수 있다. 사람들은 자기 취향을 드러내는 것을 꺼려하는 경향이 있다. 남들이 나를 어떻게 볼까 신경 쓰면서 무난한 선택을 반복한다. 그런 것들이 쌓여가면 어느 순간부터 내가 진짜 좋아하는 것이 무엇인지도 헷갈린다. 이때가 솎아냄이 필요한 때다. 시간이 지나면 내 취향에 맞는 책과 아닌 책을 가를 수 있듯이, 시간이 얼추 지나고 나면 타인의 평가로부터 자유로워지고 진짜 내 눈으로 대상을 판별해낼 수 있다. 이 과정을 거치고 난 다음에 비로소 내 취향이 남는다. 주기적인 솎아냄으로 새로운 공간이 만들어지고 가려져 있던 내 취향이 두드러지며 자리를 잡을 수 있다. 이것이 내가 나를 이해하는 과정이다.

《미식예찬》에서 브리야 사바랭은 "당신이 무엇을 먹었는지 말해 달라. 그러면 당신이 어떤 사람인지 알려주겠다"라고 말했다. 나라면 "당신의 책장에 무슨 책을 남겼는지 말해 달라. 그러면 당신이 어떤 사람인지 알려주겠다"라고 말할 수 있을 것 같다.

3장
어쩌다 보니 작가

추천사 쓰기의 정석 —————————

깊이 들어가기보다 빠른 속도로 읽으면서 책의 지향점, 윤곽을 그려보는 이미지 그리기의 독서다. 거기서 내가 보기에 핵심이 되는 포인트를 찾는 것이 추천사를 위한 독서의 요체다.

─────────────── 지금은 책 쓰는 정신과 의사로
알려지면서 추천사 의뢰를 심심치 않게 받고 있지만, 처음 추
천사 요청을 받은 것은 의외의 경로였다. 인터넷 서점의 '옥수
동 독서일기'란 이름의 블로그로, 2008년 여름 쪽지가 왔다.
문학동네 편집부였다. 김연수 작가의 2007년작 《네가 누구든
얼마나 외롭든》의 리뷰를 쓴 적 있는데, 그중 일부를 추천사로
쓰고 싶다는 내용이었다. 당시 《관계의 재구성》 등 4~5권의 책
을 낸 저자였지만 블로그는 익명으로 운영하고 있었는데, 어떻
게 '옥수동'이 나인 걸 알고 제안을 했을까. 궁금증을 못 참고
담당자에게 물어보았지만, 내가 누구인지 전혀 몰랐다는 대답
이 돌아왔다. 무안함은 잠시였고, 정신과 의사이자 저자의 리
뷰가 아닌 그냥 '옥수동'이 쓴 리뷰의 일부만으로 평가받은 뿌
듯함이 크게 다가왔다.

"작가의 내공이 가슴으로 확 들어온다. 오랜만에 느끼는
둔중한 강속구를 받아보는 미트질의 기분이다."

내가 느낀 감상을 야구에 비유해서 쓴 것을 좋게 보았
나 보다. 이 리뷰는 한동안 띠지에 실려 있었다.
보통 독자들은 제목과 표지, 저자 소개, 목차를 훑어본

다음에 본문과 책의 두께를 가늠하며 읽을지 말지를 결정한다. 이때 마음의 저울에 5퍼센트 정도 영향을 주는 것이 바로 추천사다. 300페이지가 넘는 두꺼운 책을 가치, 효용성, 방향성의 측면에서 한두 마디의 짧은 문장으로 정리해주는 덕분이다. 물론 외국 저자의 전문적인 책을 한국 독자들에게 소개하기 위한 징검다리의 역할을 맡는 경우, 저자 소개와 책의 내용 일부를 적절히 설명하며 한국의 상황에 대입할 수 있도록 책 본문에 들어갈 분량인 2~3페이지 정도로 꽤 길게 쓰기도 한다. 그렇지만 추천사는 일반적으로 한 줄, 한 문단으로 짧게 쓰는 것이 보통이다.

그래서 나는 추천사를 쓸 때 광고 카피를 쓰는 자세로 접근한다. 이럴 때 중요한 것은 깊은 이해보다 순발력이다. 추천사 의뢰는 책 발간을 앞둔 긴박한 시점에 받는다. PDF나 재교지를 받아서 빠르면 일주일 안에 전체 원고를 읽어야 한다. 리뷰를 하기 위해 책을 볼 때와 다르게 책의 전체적인 인상을 파악해야 한다. 프랑스 파리에 여행을 간다면 에펠탑과 개선문 등 관광지에 집중할 것인지, 루브르와 오랑주리 미술관을 중심으로 미술 여행을 할 것인지와 같이 방향을 분명히 잡아주는 것이 좋은 추천사의 덕목이다.

책을 읽을 때에도 스케치를 하듯 감을 잡는 것에 집중

한다. 이 책의 핵심은 무엇인지, 저자가 무엇을 얘기하려고 하는지, 미래의 독자들에게 내가 그린 이 책의 인상을 한두 마디의 말로 설명하듯 200~300자 이내의 두세 문장으로 만들어 본다. 일시적으로 이성적으로 분석하는 눈보다는 큰 윤곽을 보여주고, 감성적으로 뭐가 느껴지는지에 초점을 맞춰 헤드카피를 뽑는 카피라이터에 빙의한다.

《오직 토끼하고만 나눈 나의 열네 살 이야기》라는 짧은 그림동화책이 있다. 청소년의 심리를 아주 잘 반영하고 있어서 보는 동안 먹먹했다. 청소년기의 몸과 마음의 격동에 흔들리는 십 대들이 많이 보았으면 했고, 십 대를 이해하고 싶은 부모들도 이 책을 한 번 읽어보기를 권하고 싶었다. 이렇게 추천사를 썼다.

"토끼는 약하고 예민하다. 자다가도 바스락 소리만 나면 귀를 쫑긋 세우고 언제든 후다닥 도망간다. 책 속의 토끼는 지금 십 대의 마음이다. 거울 속에 비친 것이 '나'임을 알지만 마음에 들지 않는다. 세상은 무섭고, 큰 귀로 너무 많은 게 들린다. 많은 사람 속에서 혼자라는 생각이 갈수록 커진다. 내 안에 머물 때만은 안전하지만 이젠 밖으로 나가야 한다는 걸 알아 더욱 혼란스럽다. 십 대가 겪는 이러한 불안과 예민한 정서를 섬세하게 그려낸 책이다."

세 살 아이를 벽돌이 날아온 사고로 잃은 부모가 애도하는 몇 년의 과정을 그린 《우리는 다시 한번 별을 보았다》를 읽었다. "어떻게 이런 일이 내게?"라고 할 만한 일을 겪는 것은 아이의 죽음 말고도 많다. 내게도 언제든지 벌어질 수 있는 일이다. 실제 그런 일을 겪은 사람은 극소수일 터이니 잠재 독자를 넓힐 수 있었으면 하는 마음이 있었다. 적극적 애도를 하는 과정이 비슷한 경험으로 힘들어하는 많은 이들에게 도움이 되리라고 생각했다.

"이 책은 아이를 잃은 아빠의 디브리핑 과정이다. 현실에서는 동생 해리슨을 낳으면서 딸 그레타를 비로소 보낼 수 있었지만, 심리적 애도의 완성은 비로소 책을 통해 완성되었던 것이다. 심리적 애도 과정을 생생하게 관찰하고 싶은 모든 이에게 권하고 싶다."

추천사를 쓰다보니 이제는 책 뒷면의 추천사를 읽어보면 저자와 편집자의 마음도 함께 보인다. 추천사를 쓴 사람의 조합이 이 책의 지향점이다. 한국 사회의 괴이한 가족중심

주의를 분석한 김희경의 《이상한 정상가족》은 인류학자 김현경과 정신건강의학과 의사 정혜신이 추천사를 썼다. 한국인의 문화적 특성을 다룬 점은 인류학자가, 가족 구성원 사이의 심리에 대한 점은 정신과 의사가 각기 자기 전문성을 갖고 추천한 것이다.

저널리스트 이영희의 첫 에세이 《어쩌다 어른》은 만화가 천계영과 문학평론가이자 작가 정여울이 썼다. 성공한 덕후의 자학적 개그코드, 유려한 글쓰기 스타일이라는 책의 본질이 바로 짐작된다.

추천사를 쓰기 위해 책을 읽을 때는 리뷰를 쓸 때와는 다른 생산적 독서를 한다. 깊이 들어가기보다 빠른 속도로 읽으면서 책의 지향점, 윤곽을 그려보는 이미지 그리기의 독서다. 거기서 내가 보기에 핵심이 되는 포인트를 찾는 것이 추천사를 위한 독서의 요체다. 추천사를 쓰게 되면서 두 가지 면에서 책을 보는 눈이 생겼다. 하나는 내 책을 쓰면서 만일 누가 내 책의 추천사를 쓴다면 뭐라고 쓸까 하는 상상을 먼저 하게 된 것이다. 제목을 정할 때만큼 쓰려는 책의 어렴풋한 이미지를 상상해보는 데 도움이 된다. 두 번째는 책을 고를 때 뒷면의 추천사를 더 찬찬히 읽게 된 것이다. 만든 이가 제공하는 일종의 독서 가이드가 바로 추천사니 말이다. 같은 주제의 책이라도 추천사를 보면 지향하는 바가 다르다는 걸 바로 알 수 있다.

그냥 좋은 말의 성찬같이 보일 추천사지만, 잘 보면 중요한 포인트를 담고 있는 두 줄이다.

능동적인 독서의 기술

새로운 시각을 던지거나 중요한 자료를 제시하는
등 마음에 드는 책일수록 더 많이 흡수하고 중요
한 지식을 내 것으로 만들려는 노력을 하게 된다.

─────────────────── 목적 있는 독서보다 그냥 책이
좋아서 읽는 독서가 낫다는 것이 내 기본 원칙이다. 근본주의
적 독서가라는 뜻이다. 그렇지만 꾸준히 책을 쓰는 일이 몇 년
간 이어지며 책을 대하는 눈이 바뀌었다. 좋아하는 저자의 글
쓰기 스타일을 나도 따라하고 싶었고, 내가 쓰려는 주제의 외
국 서적을 보면 목차와 구성을 유심히 보면서 참고하기 시작
한 것이다. 작가라는 정체성이 생기고 나니 그저 감탄하면서
줄을 긋는 것 이상으로 책의 내용을 인용하거나 참고할 수 있
도록 잘 모아놓을 필요가 있었다. 일종의 직업적 의무가 생긴
것이다.

　　소설가들은 친한 작가들끼리 모여서 놀 때에도 말조심
을 한다는 글을 읽었다. 재미있는 경험을 에피소드 삼아 얘기
했는데, 누군가 눈을 반짝이면서 듣는 것 같았다. 아니나 다
를까, 머지않아 그 이야기가 그 작가의 소설에 사용된 것이다.
그렇게 되면 자기 소설에는 쓸 수 없게 된다. 그러니 서로 떠
들 때도 조심하게 된다는 그런 얘기였다. 내게 책은 소설가들
의 모임 같은 셈이다. 책을 보면서 마음에 드는 부분이 있으면
따다가 쓰고 싶어진다. 그런데 그게 내일이 될지 다음 책이 될
지, 몇 년 후가 될지 알 수 없다. 그러니 잘 모아놓고 언제든지
꺼낼 수 있게 준비를 해둘 필요가 있다. 글을 쓰다가 책장에서

꺼내어 줄을 그어놓은 부분을 찾아도 되지만 그러다 보면 쓰기의 흐름이 끊어지기 쉽다. 더욱이 대강의 기억이나 메모만으로 썼다가는 나중에 편집자의 호된 '팩트 체크'의 추궁을 당할 수도 있다. 인문서를 주로 쓰는 나는 정확한 인용의 출처를 밝혀야 한다. 나중에 힘들어질 수 있으니 어디서 봐놓은 문장이고 내용인지 처음부터 미리 찾아놓는 버릇을 들이려 노력했다.

로댕이 오뎅으로, 결국 덴푸라로 변하기 쉽다. 인용에 인용을 거듭하다 보면 처음의 내용이 나중에는 꽤 다른 내용으로 변질되어 전해지고 있을 때가 왕왕 있다. 이런 문제를 막기 위해서라도 책을 읽다가 좋은 내용을 찾으면, 원래 소스를 찾아내어 확인하고 추려서 언제든지 꺼내기 좋게 잘 저장해놓아야만 한다. 독서에도 수납의 요령이 필요한 셈이다.

먼저 실험이나 연구 결과는 반드시 저장한다. 처음 보는 인상적인 연구나 실험을 읽고 나면 페이지를 넘겨 잊어버리기 전에 읽기를 잠시 멈추고 내 정보로 캡처한다. 참고문헌이 뒤에 있는 책이라면 색인으로 가서 해당 저널이나 책을 찾아 구글 검색을 한다. 어렵지 않게 해당 내용이 담긴 원문 저널이나 책의 페이지를 찾을 수 있다. 저널의 전체 PDF나 HTML 원문을 복사할 때도 있지만 그러면 나중에 더 찾아서 쓰기가 어렵다. 아주 괜찮은 연구라면 원문도 읽어서 핵심 내용을 추려서 복사하고, 직관적으로 이해하기 좋은 그래프가 있다면 캡처해서 에버노트로 옮긴다. 그 외에는 대개 나중에 인용 출처를 밝힐 서지 정보와 초록을 복사하는 정도로 끝낸다. 이게 무엇인지 금방 찾기 위해 주제를 제목으로 써놓고, 태그를 붙인다. 여유가 있을 때에는 책 내용을 간단히 두세 줄 정도로 정리한다. 설명이 잘된 본문이 있다면 사진으로 찍어서 에버노트로 문서 캡처 저장을 해서 나중에 텍스트 검색을 한다. 하나를 이런 식으로 가공하는 데 약 10분 정도 걸린다. 하지만 마음에 드는 내용이라면 그 시간 동안 10페이지를 덜 보는 게 아깝지 않다. 만일 책 뒤에 참고문헌이 실려 있지 않다면? 외국인의 이름이 원어로 소개되어 있으면 그나마 어떻게든 찾을 수 있다. 그것마저도 없다면 불친절함에 분노 지수가 올라간다. 에세이집이라면 이해하지만, 인문사회나 과학 서적이 그런 식이면 곤란하지 않을까. 번역서의 경우 원서를 찾아 구글 책 검색을 해보며 의도적으로 색인이 삭제된 것인지 여부를 찾아내기도 한다.

두 번째는 재미있는 사례, 사건, 일화, 역사적 삽화다. 《고민이 고민입니다》에 들어갔던 사례 중에 어항, 연못, 강가에서 놓아 기르면 자라는 환경의 크기에 따라 성체의 크기가 달라지는 일본 잉어 코이가 나온다. 그 내용은 사실 '사람은 큰물에서 놀아야 크게 된다'는 메시지를 주는 자기계발서를 읽다가 흥미로워서 갈무리해놓은 것이다. 나는 같은 문제라도 사안을 크게 받아들이면 받아들일수록 더 큰 고민이 될 수밖에 없다는 내용을 설명할 때 사용했다. 이런 식으로 원래 책에서 쓰임새와 꽤 다른 형태로 사례나 일화의 쓰임새가 달라지는 일이 흔하다.

세 번째는 통계, 수치와 역사, 어원과 같은 알아두면 좋은 팩트들이다. 특히 여러 출처의 정보를 모아서 하나의 표로 보기 좋게 만들었다면 소중하게 모아놓는다. 이어 눈이 가는 것은 짧은 인용구들이다. 책을 보면 짧게 인용되는 인용구가 많다. 내용 중에 마음에 드는 게 있으면 나도 따놓는다. 이때 함께하는 것이 외국인의 말이라면 원문을 찾아서 오역이 된 것인지 확인하는 것, 가능하면 영문으로 말한 사람과 내용을 확인하고, 그 말이나 글이 실린 실제 원문이 어디인지 찾아놓는 것이다.

이렇게 책을 읽으니 바쁘지 않을 수 없다. 소파에 누운 채로 슬슬 읽어서는 할 수 없는 작업들이다. 귀찮고 공이 많이 가는 작업이다. 이를 위해 필요한 것은 꾸준함이다. 만일 내가 딱 한 권의 책만 쓸 요량이었다면 이런 노력은 참으로 비효율적인 일이 아닐 수 없다. 하지만 앞으로도 꾸준히 책을 내고자 한다면, 그에 맞게 책을 읽는 자세도 바뀌어야 한다.

무라카미 하루키는《직업으로서의 소설가》에서 소설 한두 편을 쓰는 것보다 오래 지속적으로 써내는 것이 어렵다고 말했다. 나도 오래 책을 쓰기 위해 꾸준히 책을 읽고 내용을 정리해둔다. 능동적이고 적극적인 책 읽기로 태도를 바꾼 것이다. 끝나지 않는 마라톤처럼 성실하게 읽고 쓸 뿐이다.

주어진 내용을 이해하고 음미하는 것으로도 충분히 좋은 독서다. 그렇지만 이제는 거기에만 만족하지 않게 되었다. 읽다가 어느 순간 '이 내용을 내 책에 쓸 수 있을까?'라는 다른 잣대가 작동할 때가 있다. 새로운 시각을 던지거나 중요한 자료를 제시하는 등 마음에 드는 책일수록 더 많이 흡수하고 중요한 지식을 내 것으로 만들려는 노력을 하게 된 것이다. 그리고 이렇게 수동적이고 소극적 독서에서 능동적이고 적극적 독서로 태도 전환을 하게 해주는 책은 편안하게 읽던 자세를 고쳐 잡게 한다.

작가 입장에서 다른 책을 읽을 때 좋은 책의 기준은 버릴 게 하나도 없는 책이다. 책의 핵심 부분, 남들은 간과했지만 중요한 부분, 나의 다른 지식과 연결되는 부분 등이 해체되어서 내 지식 창고에 저장된다. 저장을 할 때 마구잡이로 때려

넣으면 안 된다. 잘 수납된 커다란 식재료 창고를 갖고 있는 요리사가 되는 셈이다. 만들 요리 주제를 정하고 나면, 창고의 문을 열고 들어가 쟁여놓은 재료를 쓱쓱 골라 담아 재주껏 머릿속에 그린 레시피대로 음식을 만들어내는 것이다. 글을 쓰기 위해 필요한 정보와 지식을 정확한 내용, 출처와 함께 저장해놓는 것이 바로 능동적 독서의 기술이다.

마음을 읽는 서가

관심 갖는 영역을 키워드로 갖고 일관된 관점과 형식으로 책을 읽고 리뷰를 쓰다 보면 어떤 길이 뚫리는 것을 경험하게 된다.

——————————— 오랫동안 여러 매체에 북리뷰 칼럼을 써왔다. 그중에서도 채널예스에 연재했던 〈마음을 읽는 서가〉를 가장 오래 썼다. 2014년 5월 '차마 울지 못하는 당신을 위하여'로 시작해서 2019년 연말 '2019년에 읽은 인상적인 책들'로 5년 7개월간의 대장정을 종료했다. 격주로 연재하면서 한 번도 쉬지 않고 150여 권의 책에 대한 글을 썼으니, 나도 꽤 근성 있는 편이라 할 만하다. 그렇다고 해서 스트레스가 없던 것은 아니다. 집필의 괴로움은 마감과 함께 온다. 월요일 업데이트인 〈마음을 읽는 서가〉를 쓰는 것은 격주 일요일 오전을 괴로움과 함께 보낸다는 의미였다. 일요일의 루틴은 집 앞 스타벅스가 문을 여는 9시에 도착해 내가 좋아하는 자리에 앉는 것이었다. 누가 글쓰기 좋은 익숙한 자리에 앉아 있으면 안 되니 늦지 않게 가야 한다. 리뷰를 할 책은 미리 읽으면서 줄을 긋고 메모해 놓았으니, 이 시간에는 메모를 참고해서 바짝 쓴다. 11시 30분에는 일어나서 가족들과 점심 식사를 하러 가야 하니 바짝 집중해서 작업해야만 했다.

6년을 반복해서 쓰다 보니 어느덧 〈마음을 읽는 서가〉 풍의 리뷰 스타일이 만들어졌다. 우선 책 선택의 기준이 생겼다. 마음에 들지 않는 책을 애써 비평하는 글은 쓰지 않는다. 그럴 시간에 차라리 수많은 책 중에 진짜 좋은 책을 골라서 사람들에게 알리는 데 에너지를 쓰는 것이 이롭다. 그래서 웬만하면 최근에 나온 좋은 책인데 잘 알려지지 않은 책을 고른다. 이 책이 세상에 나오게 된 이유에 대해 맥락적 관점에서 파악해서 설명할 수 있는 책이 좋다. 그리고 칼럼 독자가 건조한 책 내용을 주입식으로 읽는 것보다, 이 책이 '나의 삶이나 마음'과 접점을 가질 만한 부분과 연결되도록 돕는다. 만화나 에세이라 해도, 그 안에서 지금 내 마음과 연결되는 부분은 어디든 있다. 나는 그 부분을 찾아서 함께 전달하고 싶었다.

도입부는 실생활의 상황을 던지는 것으로 시작하는 경우가 많았다. 리뷰를 할 책이 마음의 어느 부분과 만날지 감을 잡을 채널을 여는 것이다. 스콧 더글러스의 《나는 달리기로 마음의 병을 고쳤다》에 관한 글을 쓸 때 이렇게 접근했다.

"2주 만에 처음 집 밖을 나왔어요."

우울증으로 진료 중인 환자의 무기력감으로 시작한다. 물론 환자는 일반적인 사람들보다 심하기는 하지만, 무기력감은 많은 이들이 느끼는 것이다. 누구나 운동이든 뭐든 해보려고 시도하지만 여러 가지 이유를 들면서 시작하지 못하기 일쑤다. '기분이 좋아지면 운동을 해야지, 밖에 나가서 활동을 해야지'라고 생각하지만, 가만히 있어도 기분은 좋아지지 않는다. 그보다 억지로 움직이기 시작하고, 버릇이 들면 거꾸로 기분도 좋아진다. 저자 본인이 오랫동안 경증의 우울증을 앓아왔는데, 규칙적으로 달리기를 하면서 이를 극복해냈다. 이런 저자의 경험을 일반적으로 조금씩 갖고 있는 의지박약과 합리화의 마음과 연결해보려고 한 것이다. 이어서 달리기가 건강에 도움이 된다는 여러 연구들을 소개하고, "25년간 꾸준히 운동을 한 53~55세의 사람들의 언어기억력과 정신운동속도가 운동을 하지 않은 사람에 비해 더 좋았던 것이다"라는 식으로 그 결과를 리뷰에 담는다. 여기에 더해서 저자가 제공하는 올바른 달리기 방법, 거리와 시간, 속도에 대해 간단한 안내를 한다. 이렇게 전반적인 책 내용을 소개하고, 마지막에는 도입부에 제시한 문제의식에 대한 내 나름의 메시지를 주는 것으로 마무리한다.

마음이 안 될 때에는 일단 몸부터 움직여야 하는 법이다.
"기분에 따라 운동하지 말고, 계획에 따라 움직이세요."

일상과 연결해줄 도입부를 시작으로 책에서 중요하고 인상적인 두세 부분을 소개한다. 전체 주제에 맞춰 해석하고 마지막 마무리로는 이 책을 읽고 자신의 것으로 만들어야 할 부분을 제시하며, 일상에서 마음을 관리할 때 필요한 팁을 전달하는 구조로 만들어서 쓴 것이 〈마음을 읽는 서가〉의 북리뷰 스타일이었다. 아무래도 심리나 정신의학과 관련한 책들이 많지만, 에세이, 소설, 만화도 이런 방식으로 일상과 연결해 현실적으로 필요한 태도나 구체적인 팁들을 꽤 많이 소개했다.

카피라이터 유병욱의 《평소의 발견》은 소소한 일상에서 잡아낸 메모, 들었던 음악의 디테일을 남다르게 미시적으로 해석해서 독자에게 "아하!" 하는 깊은 울림을 주는 에세이였다.

메일을 받았을 때 오타가 있으면 "딱 그만큼 당신이 중요하다는 뜻"이라고 생각한다고 한다. 생각해보니 그럴 듯하다. 정말 소중한 사람에게 메일을 쓴다면 워드를 열어놓고 쓰고 고치기를 반복했을 것이라며, 하나의 오타는 실수지만 두 개 이상이면 그건 나를 보는 태도로 봐도 무방하다고 한다. 광고 제안을 하면서 클라이언트의 감탄을 꿈꾸지만, 결국 카피라이터는 묵묵히 자기 역할을 하면 된다는 점을 깨달으며, "지금 내게 필요한 것은 덩크슛이 아니라 레이업슛이구나"라고 말한다. 어차피 2점이기는 마찬가지다. 이렇게 우리 삶은 평범한 것의 반복일지도 모른다. 저자는 "평범하지만 시시하지 않아"

라는 말을 되뇌인다고 한다. 그의 글을 읽으면서 나도 마음속에 되뇌이게 되었다. 많은 이들이 우울하고 불안해하는 이유가 평범한 삶이 시시하게 느껴지기 때문이다. 나는 리뷰에서 그 부분을 키워드로 전달하고 싶었다.

나는 6년 가까이 규칙적으로 〈마음을 읽는 서가〉를 연재하면서 이런 책 리뷰 스타일을 만들었다. 가급적 신간 위주로 소개를 하고, 가능하면 연재 간격인 2주 동안 읽은 책에서 선택했다. 어떤 주에는 바로 '와, 이거로 쓰면 되겠다' 싶은 책을 만나 편안한 마음으로 리뷰를 준비하기도 했고, 어떨 때에는 쓰고 싶은 책이 여러 권이라 그중에서 고심하기도 했다. 그러나 어떤 책을 보더라도 정신과 의사의 눈으로 '일상'과 '심리'를 연결할 수 있는 눈을 갖게 된 것은 〈마음을 읽는 서가〉를 연재하며 얻은 소득이다.

이렇듯 누구나 자기만의 독서 관점을 가져보면 좋을 것 같다. 관심 갖는 영역을 키워드로 갖고 일관된 관점과 형식으로 책을 읽고 리뷰를 쓰다 보면 어떤 길이 뚫리는 것을 경험하게 된다. 다른 사람의 눈에는 안 보이지만 내게는 잘 보이기 시작하는 어떤 인식의 흐름 말이다.

저자로 살아가기

책이 나오면 저자는 열심히 뛰어야 한다. 어렵게
세상에 나온 책이 한 명의 독자라도 더 만나기를
바라면서.

———————— 2004년 첫 책을 내고 가슴이 설렜다. 신문 연재를 하면서 꽤 반응이 좋았던 칼럼을 책으로 엮은 것이라 나름대로 기대가 컸다. 처음으로 도서 홍보와 마케팅에 관심을 갖게 되었고, 운 좋게도 일간지의 책 광고와 대형 서점의 매대에 내 책을 쌓아놓는 경험을 해볼 수 있었다. 그러나 곧 뼈아픈 사실을 깨닫게 되었다. 광고를 많이 한다고 해서 책이 그만큼 팔린다는 보장이 없고, 독자를 만나는 접점을 찾는 것이 생각보다 굉장히 어렵다는 것이다.

책을 내기 전까지는 자아과잉과 자괴감을 오가며 글을 쓰고, 책이 나오면 일희일비하면서 판매 추이를 본다. 저자의 인생은 겸손을 배워가는 과정이다. 이제는 매번 최선을 다할 뿐이다. 기대를 낮추니 만족도가 커지는 것을 배웠다. 지금까지 거의 매년 책을 내는 저자로서 아직까지 환영받고 출판계에서 살아남을 수 있었던 힘은 성실함과 마감기한을 잘 지키는 것이다. 책을 내고 나면 최선을 다해 홍보하고 출판사에 협조하는 것도 다른 생존 요인이라 믿는다.

출간 후에는 보통 두 달 정도 홍보 일정이 잡힌다. 2000년대 초반에는 일간지나 잡지에 광고를 싣고, 리뷰를 받고, 잡지 인터뷰를 하는 것이 주된 홍보 방법이었다. 저자 강연회는 흔한 일이 아니었다. 2008~2010년부터 저자가 책 내용을 강연

형식으로 푸는 것이 인기를 끌었다. 대형 강당에서 수백 명의 청중을 모집해서 강연회를 하고 책에 사인을 했다. 인터넷 서점에서 주최하는 저자 강연회에도 사람들이 많이 몰렸다. 한 시기에 주목받는 책의 양이 많지 않았고, 국내 저자의 수가 적을 때였다.

2010년대 중반부터는 이전 시기와 달리 소규모의 행사가 많아졌다. 강당보다는 카페나 작은 강의실을 빌려서 독자를 초대하거나, 작은 식당에서 독자와 만나는 행사가 많아졌다. 대형 강당에서 하는 일방적 강연회의 거리감을 줄이고, 독자와 가깝게 만나는 모임을 선호하는 변화였다. 비슷한 시기에 작은 독립서점이 하나둘 문을 열었다. 상암동의 북바이북의 첫 번째 저자 북토크 행사를 했다. 곧 북토크 행사는 북바이북의 유명한 프로그램으로 자리 잡았다. 조금 지나니 20~50명 이내의 독자와 함께 1~2시간의 책 소개, 강연, 질의응답을 하는 저자 북토크는 하나의 트렌드가 되어 있었다. 북바이북이나 좀 알려진 독립서점은 저녁과 주말 행사로 일정이 꽉 찼다. 가까운 곳에서 저자와 만나 이야기를 나누고, 책에 대해 대화를 나누고, 책의 내용을 잘 이해하고 싶은 사람이 의외로 많다는 것이 놀라웠다. 가끔은 힘이 빠질 때도 있었다. 한 시간 가까이 책의 내용을 이야기하고 질의응답을 했다. 모임이 끝나고 책을 가져오면 사인을 해드리려고 기다리는데, 주섬주섬 일어선 사람들이 모두 나가버린 것이다.

　최근의 홍보는 오프라인에서 팟캐스트와 유튜브로 대변되는 온라인으로 전환된 것이 가장 큰 변화다. 온라인이나 오프라인 매체 광고는 전보다 많이 하지 않고, 오프라인에서 하는 북토크도 많이 줄어들었다. 인터넷 서점에서 개최하는 행사는 한두 건 정도이고, 그나마도 코로나 이후로 거의 열리지 않는다. 대신에 팟캐스트와 유튜브로 홍보 채널이 바뀌었다. 전통적인 라디오의 책 소개 프로그램을 방문하는 것은 여전하지만, 독자들이 온라인으로 옮겨가면서 홍보도 그쪽을 더욱 신경 쓰게 되었다. 네이버의 북채널에서 방송을 하자는 제안을 거절할 수 없는 이유는 TV보다 파급력이 크다는 심증이 있기 때문이다. 출연 후 몇 달이나 지난 다음에 "유튜브 보고 책을 읽었어요"라는 후기를 접할 때가 꽤 있다. 좋아하는 저자의 팟캐스트를 듣기 위해 채널에 접속했다가, 앞뒤로 다른 것을 찾아서 듣다 보면 다른 책도 접하는 아카이빙의 힘 덕분이다. 즉각적 영향뿐만 아니라 지연되어 반영되는 효과까지 있다. 그런 점에서 팟캐스트나 유튜브 채널이 라디오 출연이나 북토크 행사보다 나은 면이 있다. 여하튼 책이 나오면 저자는 열심히 뛰어야 한다. 어렵게 세상에 나온 책이 한 명의 독자라도 더 만나기를 바라면서.

심리와 인문서를 쓰는 저자로서 몇 년 사이에 체감하는 큰 변화는 독자들의 선택을 받는 저자들이 많이 달라졌다는 점이다. 예전에는 주로 심리학자, 정신과 의사 같은 해당 분야의 전문가들이 저자의 대부분이었다. 2000년대 초반 정신과 의사 김혜남 선생님이 《서른 살이 심리학에 묻다》를 내면서 본격적으로 성인기에 접어든 독자들과 만났던 것처럼 말이다. 그러나 지금은 우울증에 대한 전문가의 이야기를 듣기보다 우울증을 앓았던 사람의 치료 체험기를 읽는다. 백세희의 《죽고 싶지만 떡볶이는 먹고 싶어》가 대표적이다. 편견이 없어지고 문턱이 낮아지면서 경험을 공유하는 것에 적극적으로 반응하는 것은 좋은 점이다. 전문가의 일방적인 정보 전달보다는 비슷한 경험을 먼저 한 사람의 후기나 공감대가 생기는 내용을 먼저 선택한다. 상품을 살 때 생산자가 주는 정보나 미디어 광고보다, 먼저 구매해서 써본 사람의 리뷰와 후기를 중요시하는 것처럼 사회의 변화를 반영하는 것 같기도 하다.

독자들의 취향과 성향이 달라지면서 저자로서 고민도 많아진다. 내가 쓸 수 있는 것과 독자들이 바라는 것 사이의 접점을 찾아가는 과정에서 과거와 달라진 점이 확연히 느껴지고, 주요 독자들의 나이대가 변하면서 관심사가 바뀌어가는 것도 보인다. 내면에 대한 관심과 타인과의 관계를 고민하던 독자들이 자녀와의 소통법이나 양육태도를 고민하고, 중년 이후의 삶을 어떻게 꾸려갈지에도 점점 관심을 가지는 것을 보면 나만큼 독자들도 나이가 들고 있구나 하는 마음이다.

나는 저자이면서 독자이기도 하다. 읽으면서 쓸 것도 생각하지 않을 수 없다. 올곧은 저자라면 그저 자신이 쓰고 싶은 것만 강직하게 써 내려가면 된다고 믿을 것이다. 하지만 나는 트렌드의 변화를 무시하거나 부정해서는 안 된다고 생각한다. 그래서 인기 있는 책을 읽으며 '내가 쓴다면'이란 가정을 10퍼센트 정도는 하면서 책을 대하게 된다. 감각을 놓치고 싶지 않아 유행하는 책은 구해서 읽어보려 노력하고 저자의 인터뷰도 챙겨본다. 하지만 쏟아지는 책들 속에서 뭔가 이전과 다른 새로움을 주는 책을 쓰는 것도, 볼 만한 책을 고르는 것도 갈수록 어려워진다. 읽으면 읽을수록, 쓰면 쓸수록 어려운 것이 책이다. 볼수록 새로운 것이 책인 것 같다.

책을 만드는 사람들

책을 쓰는 저자와 읽는 독자 사이에 편집자와 출판사가 프리즘같이 작용한다. 저자라는 빛은 이 프리즘을 통과하면서 굴절되어 다른 색이 되기도 하고, 다른 모양의 책으로 완성되어 독자에게 전달된다.

———————— 한 권의 책이 만들어지기까지 저자 외에도 여러 사람의 손이 필요하다. 나는 주로 편집자와 대화를 하지만, 표지와 본문 디자인을 담당하는 북디자이너, 책의 홍보와 마케팅을 담당하는 마케터, 책의 종이와 가공 등을 담당하는 제작담당자 등 책 한 권이 나오기 위해서는 여러 사람의 협업이 필요하다.

책을 주야장천 읽고, 몇 권을 쓰고 난 다음에 자연스럽게 책을 만드는 사람이 궁금해졌다. 그때 눈에 들어온 것이 《기획회의》였다. 한국출판마케팅연구소에서 1998년부터 월 2회 발간하는 출판 관련 잡지다. 처음 원고 청탁을 받아 짧은 글을 써서 보낸 후 잡지를 받아보니 은근 재미가 있어 바로 2년간 정기구독을 했다. 이 잡지에는 표절 문제, 출판 유통의 난맥, 어린이책의 기획, 베스트셀러의 변화와 같은 출판계의 이슈가 되는 주제를 발 빠르게 심층 분석하는 글이 실려 있었다. 1년 정도 읽고 나니 출판계가 고민하는 것이 어느 지점인지 어렴풋이 감을 잡을 수 있었다. 내가 발을 담그고 있는 영역의 현재 시점을 잘 안다는 것은 여러 영역의 플레이어들과 함께 일을 할 때 분명히 도움이 될 것이니 말이다.

예전에 《씨네21》과 《필름2.0》 같은 영화잡지를 읽을 때 소비자이자 관객인 내가 잡지를 보면서 한국 영화 산업에 대한 기사까지 읽어야 한다는 것이 불만이었다. 한국 영화계를 걱정하고, 제작 환경을 우려하는 특집기사를 읽으면서 영화계 속내를 반강제로 파악하게 되었다.《기획회의》를 구독하다 보니 그게 왜 필요한지 고개를 끄덕이게 되었다. 책을 좋아하니, 자연스럽게 책을 만들어내는 업계에 대해 궁금해지는 것은 당연한 순서였다. 자동차를 좋아하면 그 역사를 알고, 세계 각국의 자동차 문화와 산업시스템에 대한 정보를 알고 깊이 파들어 가듯이 말이다.

여기에 더해서 '북에디터'라는 사이트를 알게 되었다. 편집자들이 정보를 공유하는 사이트로 글을 읽어보니 그들의 애환과 고민을 어느 정도 파악할 수 있었다. 외국에는 머리가 허옇게 될 때까지 한 출판사에서 일을 하며 한 소설가의 작품을 평생 함께 만들어온 전설의 편집자가 있다. 왜 한국에서는 그런 편집자가 존재하기 어려운지, 경력이 어느 정도 쌓이면 이직을 하는 일이 빈번한지, 팍팍한 한국 출판계를 이해하는데 도움이 되었다. 대형출판사는 그 나름의 고충이, 작은 전문출판사나 1인 출판사에도 제각각 어려움이 있었다.

괜찮은 외서가 한 권 있다고 치자. 이 책이 내 손에 들어오기 전까지 수많은 단계를 거친다. 에이전시를 통해 판권을 획득하고, 번역을 의뢰해서 기한 안에 끝마친다. 표지를 디자인하고 국내서 제목을 정한다. 여기에 출판 시기를 정하고 마케팅과 홍보 일정을 잡고, 초판을 얼마나 찍을지 결정한다. 이 모든 과정에 편집자는 아주 중요한 역할을 하고, 출판사의 특성에 따라 여러 가지 상호작용이 일어난다. 인쇄소를 나온 책은 북센과 같은 출판유통회사로 가서 서점으로 배본이 되고, 그다음에야 책은 내 손에 들어올 수 있는 것이다. 이 모든 과정이 빨라도 몇 달은 걸리고, 책에 따라 1년이 걸린다. 책의 탄생과 성장 과정에 대한 그림이 그려지니 이후로는 책을 바라보는 눈도 더 깊은 맥락까지 볼 수 있게 확장되었다.

책을 쓰는 저자와 읽는 독자 사이에 편집자와 출판사가 프리즘같이 작용한다. 저자라는 빛은 이 프리즘을 통과하면서 굴절되어 다른 색이 되기도 하고, 다른 모양의 책으로 완성되어 독자에게 전달된다. 그 과정을 이해하고 역으로 만들어지는 과정을 추정하는 것은 책을 즐기는 색다른 즐거움이다.

일본에서 방영된 드라마 〈수수하지만 굉장해! 교열걸 코노 에츠코〉는 출판사에서 일하는 사람들의 실상이 디테일하게 묘사된 작품이다. 패션잡지 에디터가 되려고 대형출판사에 입사했지만 본의 아니게 교열 업무를 하게 된 주인공의 이야기를 다룬 드라마였다. 일본 드라마답게 로맨스는 조금, 교훈은 꽤 많이, 그리고 일하는 과정의 에피소드들이 세밀하게 묘사되었다. 이 드라마를 보면서 문맥의 매끄러움, 오탈자, 적절한 단어의 사용, 통일된 표기와 호칭 등을 잡아내고 수정하는 교열이 얼마나 중요한 일인지 처음 알 수 있었다. 교정과 교열이 다른 영역이었다. 과거에는 초고를 보내면 편집자로부터 주어와 술어의 불일치, 지나치게 긴 문장, 맞춤법 오류 수정 등으로 새빨갛게 뒤덮인 수정사항과 팩트 체크 메모를 받았다. 흔히 이 동네에서 딸기밭이라고 말한다. 초고 편집본을 수정하면 이번에는 저자의 빨간 펜 수정사항이 편집자에게 넘겨진다. 딸기밭이 몇 번 오가면서 난삽하던 첫 원고는 깔끔한 책으로 탄생한다. 그 과정을 여러 번 겪어보았기에 드라마가 남의 얘기가 아니었다.

책에 대한 호감은 이렇게 책을 만드는 사람들의 이야기까지도 궁금해지고 그 속내를 알고 싶어지게 했다. 생각해보면 아마도 이런 드라마를 막상 필드에서 일하는 편집자들은 싫어할 것 같았다. 그럼에도 내 일이 아닌 동네는 어떻게 살아가나 기웃거리고 싶은 것이 인지상정이다. 약간 아는 동네라면 호기심은 더 커지는 법이고.

책을 좋아하고 또 쓰면서 살아가니, 책 동네가 어떤지 알고 싶어진다. 호기심은 업계 잡지를 구독하고, 책을 만드는 과정을 다루는 드라마까지 챙겨보게 만든 것이다. 그사이 책

한 권을 바라보는 눈이 살짝 달라졌다. 이 한 권이 나오기까지 얼마나 많은 사람들이 관여하고 있고, 고민과 애씀의 결정체 라는 걸 알게 되었기 때문이다.

4장
많이 읽어보니 알게 된 것들

단편집은 첫 편부터

고른 만족도를 주는 책과 몇 개의 글이 탁월한 책
중에서 뭐가 좋은지는 아마도 각자의 취향일 것이
다. 사실 읽는 입장에서는 뭐든 좋다.

———————————— 김애란 작가는 내가 좋아하는 소설가 중 한 명이다. 《침이 고인다》 이후 오랜만에 소설집 《바깥은 여름》이 나와서, 서점에서 바로 집어들었다. 첫 작품 〈입동〉은 소설집 제목 '바깥은 여름'에 묘한 대구를 이뤄서 첫 장부터 설렜다. 어렵게 입주한 아파트에서 더 어렵게 낳은 아이를 후진하는 어린이집 차에 잃어버린 부모의 이야기를 다룬 단편이었다. '역시 기대를 저버리지 않았네'라는 감탄을 하기에 충분했다. 이렇게 좋은 책은 아껴봐야 하는데, 참지 못하고 두 번째 소설 〈노찬성과 에반〉으로 넘어갔다. 아버지를 잃은 아이와 그 아이가 애착하는 에반이라는 개의 이야기에서 일관된 주제 의식이 느껴졌다. 하루에 다 읽기엔 차마 아깝단 마음과 작가에게 고마움을 담은 채 애써 책을 덮었다. 일곱 편이 실린 작품집에서 이 두 편이 압도적으로 좋아서 나머지가 희미하게 느껴질 정도였다.

생각해보니 산문집에서도 같은 경험을 했다. 심보선의 산문집 《그쪽의 풍경은 환한가》의 맨 앞에 실린 〈영혼의 문제〉를 읽고 한숨이 확 나왔다. '와, 글 좋다'라는 쩡한 때림이 복부를 조여온 결과였다. 숨이 막히는 기분과 좋은 책을 발견한 기쁨으로 버무려진 마음으로 다음 에세이로 바로 넘어갔다. 뉴욕에서 지낸 이야기, 세월호에 얽힌 기억이 여러 번 나오는 좋은 글들이었는데, 역시나 맨 앞에 놓인 두세 개의 산문이 너무 강렬했던 나머지, 그 뒤의 글은 희미한 잔상만 남은 느낌이었다. 이건 〈추석이란 무엇인가〉로 엄청난 반향을 일으킨 후 발간된 김영민 교수의 산문집 《아침에는 죽음을 생각하는 것이 좋다》에서도 비슷했다.

지금까지 경험으로 한국 저자의 단편소설, 에세이나 칼럼을 모은 산문집은 거의 대부분 앞의 1/3에 놓인 글이 제일 좋다. 물론 개인적이고 제한된 독서 경험에 기반한 주관적 심증이다. 〈007〉이나 〈미션 임파서블〉 같은 헐리우드 블록버스터에서는 언제나 초반 20분에 주인공이 성공적으로 임무를 완수하는 대규모 액션 장면이 화려하게 펼쳐진다. 관객에게 앞으로 나올 두 시간을 기대시키고, 일단 다른 영화가 쫓아오지 못할 스케일의 만족을 준다. 예고편도 멋진 장면으로 가득 찬 2분이 획획 선물 폭탄같이 던져진다. 일부 영화는 예고편이 본편의 전부를 다 보여주고 그것으로 끝인 경우도 있어서 실망을 주지만 말이다.

국내 저자의 책 구성에서 제일 좋은 작품을 맨 앞에 놓는 것은 독자들을 잡아두기 위한 편집자의 영리한 전략일 수 있다. 맨 앞에 제일 완성도가 높은 글을 배치해서 책에 대한 좋은 인상을 각인시키고 그 힘으로 끝까지 가게 한다. 어차피 대부분의 사람들은 책을 끝까지 다 읽지 않는다는 통계 조사 결과도 있지 않은가. 처음에 비해서 뒤로 갈수록 만족도가 떨어지는 한계효용 체감의 법칙이 작동한 것인지도 모른다.

그럼에도 허무하게 끝나면 뒷심이 없게 느껴져 전체적인 만족도는 떨어질 수밖에 없다. 행동경제학자 대니얼 카너먼은 피크엔드 효과(peak-end effect)를 소개하며 이런 살짝 역겨운 실험을 인용했다. 항문에 넣어서 검사하는 결장경을 받는 환자들에게 1분마다 느낌을 보고하게 했는데, 전반적인 고통은 가장 고통이 컸을 때와 마지막 3분의 고통의 평균치에 의해 좌우되었다. 바로 결장경을 확 뽑지 않고 몇십 초간 머물렀다가 천천히 제거하면 전반적 만족도가 훨씬 올라간다고 한다. 이렇게 만족은 경험의 가장 강렬한 것과 최근의 것이 제일 많은 영향을 미친다. 제일 좋았던 앞부분도 중요하지만, 마무리 작품도 전반적 책의 만족도를 평가하는 데 중요하다.

이런 면에서 박상영 작가의 《대도시의 사랑법》은 최근 읽은 책 중에서 굉장히 고른 만족도를 주는 소설집이었다. 연작소설의 형태를 띠고 있다는 차별점이 있었지만, 〈재희〉부터 〈늦은 우기의 바캉스〉까지 더 높은 것도 더 낮은 것도 없는 일관된 만족도를 주면서 끝까지 밀고 나가는 힘이 탁월했다. 고른 만족도를 주는 책과 몇 개의 글이 탁월한 책 중에서 뭐가 좋은지는 아마도 각자의 취향일 것이다. 사실 읽는 입장에서는 뭐든 좋다. 그러나 평균적으로 탁월한 작품이 앞쪽에 배치되어 있다는 것은, 다독가로서 자신 있게 말할 수 있는 부분이다.

그림책 속의 상상력

그림책은 아이들만의 책이 아니다. 어른에게도 텍스트로 그 의미가 정교하게 정해지기 전의 그림을 통한 표현이 갖는 열린 이미지가 필요하다.

——————————— 아이들을 키우게 되니 내 독서 목록에 새로운 카테고리가 하나 생겼다. 그림책이다. 아무리 좋아하는 책이라도 세 번 이상 읽기는 쉽지 않다. 그러나 그림책만큼은 예외다. 아이가 밤마다 들고 와서 자기 전에 읽어달라고 하고, 어떨 때에는 같은 책을 하룻밤에 세 번을 읽기도 했다. 반강제로 아이와 함께 페이지를 넘기다 보니 독자이자 정신과 의사의 눈으로 그림책을 보기 시작했다.

태생이 아귀가 딱딱 맞는 게 좋은 이과생인데, 그림책은 말도 안 되는 것이 많았다. 그중에서도 대표적인 책이 《누가 내 머리에 똥 쌌어?》다. 아이를 키우는 집에는 반드시 한 권씩은 꼭 있는 책이다. 읽어보면 좀 황당하다. 내용이 말도 안 되고 왜 이런 줄거리인지 그 이유를 알 길이 없다. 작은 두더지가 땅 위로 올라온 날, 머리에 똥이 떨어졌다. 분개한 두더지가 도대체 누가 똥을 쌌는지 찾아다닌다. 여러 동물이 자기 똥은 다르게 생겼다고 보여주고, 결국 개똥이란 걸 발견하고는 개 머리 위에 복수하고 땅속으로 돌아가는 줄거리다.

아니 이게 뭐가 좋다고 아이는 깔깔거리면서 웃는지, 몇 번을 다시 읽자고 보챈다. 어린아이가 벌써 복수의 희열을 느끼는 것인가, 결국 인생은 '눈에는 눈, 이에는 이'라는 교훈을 주는 책인가. 아주 얇고 단순한 플롯의 이 책을 아이는 왜 이렇게 좋아하는 것일까. 내 아이뿐만 아니라 전 세계의 아이들이 다 좋아하는 건 왜일까.

사실 이 책은 어른의 눈으로는 이해할 수가 없는 너무 뻔한 이야기이다. 그렇지만 두 살에서 네 살 사이의 아이에게는 자기 마음 안에서 벌어지고 있는 일을 실시간으로 보여주는 신나는 그림책이다. 두더지의 머리 위로 똥이 떨어지는 흔치 않은 일이 일어났다. 그 사건의 인과관계를 찾는 과정이다. 이 나이의 인지발달 단계에서 가장 많이 하는 말이 '왜'다.

아이는 부모에게 물어본다. "왜 하늘은 파래?", "왜 물은 흘러?" 그 말을 질리게 한다. 아이가 천재라서 그런 게 아니라, A에 의해 B가 발생한다는 인과관계에 대한 논리구조가 머릿속에서 싹이 트는 시기이기 때문이다. 세 살 남짓 아이들의 중요한 개체인 똥과, 기저귀를 떼기 위한 배변 활동이라는 것이 매체로 등장한다. 여기에 동물마다 각기 다른 모양의 똥을 싼다는 것은 모두 다른 존재라는 개체성을 이해하는 데 도움이 된다. 어린이집을 다니고, 사람들을 알아나가면서 사회화가 일어나는 과정에 내가 남과 다르고, 남도 나와 다르다는 걸 인식하는 과정에서 필요한 일이다.

여기에 당한 것에 대해 등가로 되돌려주는 '맞대응'의 원칙이 함께한다. 아이는 매일 이유 없이 혼나기 시작한다. 진짜 좋기만 한 줄 알았던 엄마가 우유를 엎질렀다고 혼을 내고, 먹을 걸 가지고 논다고 혼난다. 두더지가 머리 위에 똥이 왜 떨어졌는지 알 수 없듯이 혼은 나는데 왜 혼이 나는지 모르겠다. 이제 두더지는 개의 머리 위에 똑같이 똥을 싸고 유유히 자기 자리로 돌아간다. 이유 없이 혼이 난 아이가 그림책 속에서라도 동등한 방식으로 맞대응을 한다. 마음의 억울함이, 부당함이 환상 속에서 줄어든다.

이렇게 중층적이고 복잡한 심층심리와 심리발달의 단계가 정확하게 그림책 안에 녹아 있는 것이다. 그러니 아이들은 딱 일정한 나이가 되면 일정한 그림책에 꽂힌다. 그러고는 보고 또 보면서 그림책의 내용을 환상화하고 현실에서 충족되지 못한 것들을 대신 숙달(mastery)한다.

아이를 키우면서 읽은 수백 권의 그림책 중에 유달리 기억에 남는 한 권이 있다. 사노 요코의 《100만 번 산 고양이》다. 100만 번이나 죽었다가 다시 태어난 고양이가 있다. 100만 명의 사람들이 고양이를 귀여워해서 그가 죽었을 때 울었다. 그러나 고양이는 단 한 번도 울지 않았다. 왕의 고양이가 되었을 때도 서커스단 마술사의 고양이가 되었을 때에도, 고양이가 떠나면 모두가 울지만 고양이는 울지 않았다. 혼자 고독하게 사는 게 제일 나았다. 그러던 중 처음으로 하얀 고양이를 알게 되어 함께 살고, 새끼를 낳았다. 둘이 오래 살았으면 했는데 하얀 고양이가 죽어버린다. 처음으로 고양이는 울었다. 100만 번이나 울었고 어느 순간 고양이도 움직임을 멈추게 되었고 두 번 다시 살아나지 않았다.

처음 읽고 먼저 해피엔딩이 아니라는 것에 놀랐다. 모름지기 어린이용 이야기는 해피엔딩이어야 하지 않을까 하는 나의 편견이 깨지는 순간이었다. 생각해보면 안데르센의 초기 동화 몇 편도 실은 무시무시한 중세의 잔혹동화급의 설화를 잘 매만진 것들이다. 이건 100만 번 죽었다 또 살아나던 고양이가 결국 영원히 다시 살아나지 않는 것으로 끝이 난다. 감정이입을 해서 듣던 아이에게는 큰 감정적 영향을 줄 수 있다. 하지만 의외로 아이는 이야기를 듣고 엉엉 울거나 하지 않았다. "아름다운 이야기네"라고 감상을 말할 뿐이었다. 도리어 책을 덮고 난 다음 먹먹함의 여운은 어른인 내게 오랫동안 남았다.

자기를 너무 사랑하던 사람이 어떻게 변해가는지, 진정 사랑을 하고 상실을 경험하고 나서야 다시는 되살아나지 않게 된다. 아픔을 느껴야 존재가 완성된다는 심오한 인간 심리의 핵심이 담긴 이야기였다. 불완전한 자기애의 세계에서 누군가를 진정 사랑하면서 비로소 존재의 불완정성과 관계의 필요성을 인정한 것이다. 고양이가 100만 번 살아났던 이유는 다름 아니라 존재의 불완전성 때문이었다. 고양이는 자기가 잘나서 100만 번 살아났다고 여겼지만 말이다. 하얀 고양이를 만나고 떠나보내면서 비로소 그의 존재는 완성된 것이고, 그제야 되살아나지 않고 영원히 완결할 수 있게 되었다.

글을 읽을 줄 모르는 아이가 그림책을 읽는, 아니 보는 것은 흥미로운 일이었다. 내가 읽어준 그림책을 다음 날 낮에 펼쳐놓고 혼자 궁리를 한다. 중얼중얼하면서 이야기를 만든다. 글을 읽는 게 아니라 그림만 보면서 들었던 스토리를 이어가는 것이다. 정확하지 않으니 아이는 그림을 보면서 상상으로 나름의 이야기를 만들었다. 한번은 "아빠에게 이야기해줄래?"라고 했더니, 아이는 신이 나서 그림을 짚어가면서 자기가 궁리한 스토리를 말했다. 원래 글에는 없던 소품과 디테일들을 추가해 더 풍성해진 이야깃거리가 뭉게뭉게 피어올랐다. 글을 읽을 수 없는 단계가 도리어 아이의 상상력을 자극하고 있는 것이다.

아이의 창의성에 놀란 나는, 그림만으로 이야기를 상상하는 아이의 상상력을 최대한 오래 갖게 하고 싶었다. 그래서 아이가 직접 글자를 읽고 싶어지기 전까지 가르치지 않기로 했다. 혼자서 깨우치는 것이야 어쩔 수 없지만, 글자를 알게 되고 글을 읽게 되면 텍스트에 갇혀버린다. 글을 읽고 맞추는 게 놀이가 되면서 그림이 주는 상상의 자극은 뒤로 밀려난다. 글을 한 번 알게 되면 그 후는 평생 글을 읽게 된다. 글이 우리의 마음 안에 규준으로 들어와 수많은 지식과 정보를 쏟아낼 것이다. 그런 일이 벌어지기 전, 오염되지 않은 청정 구역을 얼마나 오래 보존할 수 있는가가 아이의 창조적 마인드의 발아와 분명히 연관되어 있을 것이라 믿기 때문이다.

이건 어른이라고 다르지는 않은 것 같다. 그림책은 아이들만의 책이 아니다. 문자를 읽으면서 독자는 추상화를 하고 체계적 사유를 한다. 그러나 텍스트만으로는 모자랄 때가 있다. 이제는 영상을 보는 방법이 있지만, 그 중간 단계로 그림이란 이미지를 보는 것은 문자를 만들기 이전의 원초적 표현 방법이다. 어른에게도 텍스트로 그 의미가 정교하게 정해지기 전의 그림을 통한 표현이 갖는 열린 이미지가 필요하다. 텍스트가 갖는 논리적 일관성으로는 벽에 부딪힐 때 그림책이 선물하는 상상과 여백, 그리고 주관적 해석, 더 나아가 직관적 연상의 힘으로 그 벽을 훌쩍 넘어갈 수 있다고 믿는다.

책을 선물할 때 생각해볼 것

언제나 선물할 사람을 떠올리며 뭘 좋아할지 상상해본다. 그만큼 상대방을 생각하고 파악하고 있다는 의미이고, 자기중심적 관점에서 벗어나는 순간이기도 하다.

─────────── 책을 선물한다는 것에는 섬세한
사전 프로세스가 포함되어 있다. 처음에는 내가 재미있게 본
책을 선물했다. 나한테 좋은 것이 남에게도 좋은 것이라 믿었
다. 얼마나 자기중심적인 시점인지 깨닫는 데에는 두세 번의
마땅찮은 반응으로 충분했다.

실패와 시도의 반복은 더 나은 사람을 만들고, 양방향
으로 흔들리는 진자운동의 선택을 이끈다. 이번엔 상대가 좋
아할 만한 것을 고르게 되었다. 역시 쉽지 않았다. 상대가 어떤
책을 좋아할지 처음부터 알 수 없다. 그 사람의 집을 가서 책
장을 훑어본다고 해도 바로 알아차리기 어렵다. 잘 모를 때는
베스트셀러를 사서 선물하는 것이 가장 안전한 선택이 된다.
장점은 선물을 받는 사람이 책을 많이 읽지 않아도 최소한 들
어는 봤던 제목이어서 적어도 이 책이 뭔지는 안다는 것이다.
거기에 한 번은 읽어보고 싶다는 마음은 갖고 있을 수 있고,
만에 하나 읽고 난 다음 소장가치는 없다 판단해도 다른 사람
에게 넘겨주기에 만만하다는 것이다.

그러나 단점도 뚜렷하다. 이미 읽은 책일 가능성이 있
다. "아, 이거 읽어봤어"라고 하면 주는 사람은 김샌다. 더욱이
선물의 의외성, 서프라이즈 기능이 줄어든다. 기발한 선물이
갖는 짜릿함이 없다. 무엇보다 꺼리게 된 것은 "책을 골라 주

는 것으로 내가 평가된다"는 마음이었다. 책을 좀 보는 사람으로 알고 있을 텐데 뻔한 책을 주면 내가 너무 우습게 보이는 건 아닐까 하는 걱정도 있었다. 저녁 식사 자리를 잡을 때 프랜차이즈 식당이나 대형 식당보다는 가급적 트렌디하거나, 오래되었지만 아주 많이 알려지지 않은 곳을 고르려 애쓰는 것과 같다. 모임 후에 "나 거기 가봤어"라고 초대받은 사람이 말하면, "와, 거기 들어봤어. 좋다고 하던데 어때?"라는 반응을 들을 만한 그런 곳같이, 그런 책을 선물하고 싶다.

센스 있다는 말을 듣고 싶다면, 집에 들고 가기 어려운 두께의 책은 좋지 않다. 아무리 좋은 내용이라도 500페이지 하드커버 책을 선물하는 것은 들고 가기도 어려운 몸만 한 크기의 곰 인형을 선물하는 셈이다. 주고받을 때 서로 부담 없는 정도, 괜찮을지 아닐지 읽을 때 많은 품이 들지 않을 만한 책이 좋다. 요새 사회 분위기를 진단하는 시의적절한 주제의 책도 괜찮은 선택이다. 호감을 갖고 있는 작가의 새 책이 나왔다면 그것도 좋다. 잘 모를 때에는 어른을 위한 내용이 담긴 그림책을 선물하는 것도 좋은 방법이다. 그림과 글이 담긴 어른을 위한 그림책은 일단 가볍고 얇다. 선물하고 나서 어떨 때에는 받은 자리에서 읽고 함께 얘기할 수 있다. 강렬하고 짜릿한 감정을 주기보다 기분이 좋아지고 포근한 내용이다. 배경지식, 인문학적 소양 같은 부담스러울 수 있는 맥락적 기초로부터 상대적으로 자유롭다. 읽고 나면 뭐라도 바로 그 자리에서 이야기할 거리가 있다. 그림 스타일에 대해서, 이야기의 주제에 대해서, 작가에 대해서 말할 수 있다.

지금까지 선물로 주고받은 책이 아마도 100권은 넘을 것이다. 여전히 책을 선물하는 것은 즐거운 고민이다. 나야 내 책을 선물하면 되니 편한 면이 있다. 특수한 케이스다, 분명. 다만 책을 내고 몇 달 이내에만 가능한 기간 한정 행사다. 언제나 선물할 사람을 떠올리며 뭘 좋아할지 상상해본다. 그 사람에 대해서 이미지를 그려보고, 또 지금 내 마음에서 그를 향해 투사되고 있는 것을 이해하게 되고는 한다. 그만큼 상대방을 생각하고 파악하고 있다는 의미이고, 자기중심적 관점에서 벗어나는 순간이기도 하다. 상대방의 성향을 고려해 책을 고르는 일은 매번 새롭게 느껴지는 재미있는 프로세스다. 고리타분해 보일지 몰라도 나는 책을 선물하기를 즐긴다. 좋은 사람을 만나기 전 기분 좋은 상상을 하며 서점을 들른다.

우호적 독자의 행동 강령

내가 응원하고 싶은 책이 있다면 우호적 팬으로서
적극적인 행동을 하려고 노력 중이다. 좋은 순환고
리를 만들어내야 내 취향의 책을 더 자주 만날 수
있을 것이라 믿기 때문이다.

─────────────── 작가의 입장을 잘 알고 있는 나
는, 좋아하는 작가의 책이 나왔을 때 그냥 넘어가기가 힘들다.
잘됐으면 좋겠고, 다음에도 그의 또 다른 글을 만났으면 좋겠
다. 그러려면 지금의 이 책이 잘돼야 한다. 브런치나 미디어의
짧은 글로 기억에 남았던 작가의 첫 책이거나, 좋은 책인데 잘
알려지지 않은 책, 지인이 출간한 책들도 마찬가지다. 우호적인
독자로서 그 책을 널리 알리고 퍼트리고 싶은 마음이 드는 것
은 당연하다. 그리고 이런 독자들이 여러 명 모이면 어느 순간
영향력을 행사할 수도 있지 않을까? 책 독자들은 꽤 보수적인
편이라서 지나치게 적극적인 홍보를 싫어하는 경우도 많다. 그
렇지만 한 사람의 독자로서 조금이라도 더 좋은 책과 작가를
알리고 싶은 마음으로 아이돌 팬클럽의 방법을 차용해보고자
한다.

　내가 생각하는 방법은 이렇다. 일단 시내 대형서점에
찾아가서 해당 책의 카테고리가 있는 곳으로 간다. 매대에서
그 책이 잘 진열되어 있는지 애써 찾지 않고, 바로 직원에게 찾
아간다.

　"○○ 작가의 ○○○이란 책 어디 있나요?"

　직접 물어보는 것이다. 이때 간절하고 다급한 표정은
필수다.

직원이 이 책 제목을 많이 들어본 듯이 익숙하게 책을 곧바로 찾아주면 잘 나가고 있다는 사인이다. 그러면 나까지 나설 필요는 없겠구나, 하고 마음을 편하게 먹으면 된다. 그런데 처음 듣는 책, '듣보잡' 작가라는 표정으로 한참 검색을 하거나, 헤매다가 겨우 서가에 꽂힌 책을 가져오거나, 재고가 없다고 하면 이때는 위기 상황이다. 재빨리 직원의 귀에 존재를 각인시키는 것이 시급하다. 주문해달라고 요청하거나, 최근에 얼마나 인기가 있는지 설명하는 것이다. 서가에 꽂힌 책을 받거나 평대 바닥에 꽂혀 있던 책을 받아드는 경우, 살펴보다가 보기 좋은 자리에 살짝 놓고 나오는 것도 생각해볼 수 있다.

교보문고에 갔을 때 일이다. 나온 지 얼마 안 된 지인의 책이 보이지 않았다. 얼마 전 그의 SNS에서 매대에 놓인 사진을 봤는데 말이다. 벌써 다 팔렸나 했으나 평매대의 하단에 꽂혀 있었다. 그사이 신간에 밀린 것이다. 책을 꺼내 훑어보는 척하다 슬쩍 잘 보이는 자리에 올려놓았다. 밑에 깔린 책에는 미안했지만 지인을 위한 최선이었다. 물론 이런 방법은 서점 직원들이 굉장히 싫어하는 짓이라는 점을 알고 있어야 한다.

다음으로는 인터넷 서점의 경우이다. 아이돌이 신곡을 내면 팬들은 음악 앱에서 '스밍', '총공'을 한다고 하지만, 여기는 그런 시스템은 없다. 오직 판매지수와 리뷰뿐이다. 한번에 여러 권을 사거나, 여러 번 한 권을 산다고 해도 사재기를 막기 위해 카운팅이 되지 않게 시스템화되어 있다. 여러 명이 조금씩 많이 사는 것이 효과적이다. 네이버 영화 리뷰의 별점과 열 줄 평을 보면 개봉영화의 분위기를 짐작할 수 있듯이, 인터넷 서점의 리뷰와 별점도 영향력이 있다. 팬이 할 수 있는 가장 좋은 방법은 일주일 안에 바로 책을 사서 읽고 정성껏 리뷰를 올리는 것이다. 복잡계 이론을 들먹이지 않는다 해도, 초기 변수의 작은 차이가 나중에 커다란 결과의 차이를 만들어낼 수 있다.

　　마지막으로 개인이 할 수 있는 방식으로 책을 여러 사람에게 지속적으로 노출시키는 것이다. 지하철을 타고 갈 때, 약속 장소에서 기다릴 때, 카페에 앉아서 차를 마시거나 노트북으로 작업을 할 때 어떻게든 책을 보이게 한다. 지하철에서 책을 읽고, 테이블 위에 책을 올려놓는다. 스마트폰만 보고 있는 세상에서 책의 노출의 주목도는 상대적으로 훨씬 크다. 다음은 온라인 노출이다. 팔로워가 적더라도 신경 써서 짧은 리뷰를 쓰고, 재미있게 읽은 부분이 있다면 밑줄을 그어서 사진을 찍은 다음 SNS에 올리거나 블로그에 올린다. 태그를 잘 달면 의외의 검색을 타고 퍼져나갈 수 있다. 특히 지인의 책을 받은 경우에는 SNS에 언급을 해주는 게 에티켓이다. 온라인 홍보라인에서 팟캐스트와 유튜브가 대세다. 홍보를 위해 작가가 출연하거나, 새 책을 주제로 도서 팟캐스트나 유튜브에서 방송이 되면 열심히 찾아가서 다운로드, 좋아요, 구독을 누르고 댓글을 달아주는 것으로 내 진심과 영혼을 전달한다.

이 정도면 충분할까? 최선은 아닐지 몰라도, 충분은 한 것 같다. 나도 책을 내고 나면 초조한 마음으로 몇 주의 반응을 살펴보고는 한다. 이때 우호적 반응은 큰 힘이 된다. 초조한 마음을 오래 경험해봤기에 좋아하는 작가나 지인의 책이 나오면 어떻게든 응원을 실천한다. 골방에서 혼자 책을 읽고 음미하며, 나만의 작가로 간직하는 것도 좋기는 하다. 나만 좋아하는 작가가 모두가 좋아하는 작가가 되면, 기쁘면서 동시에 섭섭해지기도 한다. 그러나 영원히 저주받은 걸작만 쓴 무명의 작가로 살 수는 없다. 그리고 다음 작품을 읽기 위해서는 일부 독자의 독특한 마이너 취향으로 남아 있는 것보다, 책이 많이 팔리는 게 무조건 좋다.

"좋은 책은 결국 독자들이 알아본다. 그리고 좋은 책은 결국 많이 팔린다."

말은 좋은 말이지만 위로의 이야기이자 자기합리화로 보일 때도 있다. 잘 팔리는 책이 꼭 좋은 책은 아닐지 몰라도 생명력은 있는 책이다. 어쨌든 다음 책을 낼 정도는 팔려야 한다. 작가의 넉넉한 인세 수입은 더 좋은 작품을 낼 밑천이 되고, 적절한 수준의 판매량은 출판사가 해당 작가의 다른 책을 출간하는 용기를 준다. 그러니 내가 응원하고 싶은 책이 있다면 우호적 팬으로서 적극적인 행동을 하려고 노력 중이다. 좋은 순환고리를 만들어내야 내 취향의 책을 더 자주 만날 수 있을 것이라 믿기 때문이다.

저자 소개에서 글쓴이를 상상하기

나는 저자 소개를 유심히 뜯어보는 걸 좋아한다. 일종의 탐색전을 하는 것이다. 저자와 독자로서 첫 눈인사다. 여기에서 딱 마음에 들면 책을 바로 사랑할 마음이 든다.

──────────── 책표지를 열어 왼쪽 날개를 펴면 대부분 글쓴이에 대해 알 수 있는 소개글이 있다. 본격적으로 읽기 전에 저자가 어떤 배경을 가지고 이 주제를 썼는지 미리 알고 싶을 때 요긴하다. 같은 주제를 담은 책이라도 저자가 저널리스트인지, 학자인지, 블로거인지에 따라 본문에 기대하는 내용이 달라진다. 번역서인 경우 저자가 어느 나라 사람인지, 어떤 삶의 궤적을 거쳤는지에 대한 정보를 먼저 접하면서 새하얀 백지에 밑그림을 그리듯 작가를 상상해본다. 그렇게 그린 스케치 위에 본문의 내용이 얹어지고 그 연속선의 궤적을 따라가면서 더 깊이 있는 읽기가 가능해진다. 거꾸로 본문을 읽어가면서 저자 소개글의 내용과 비교해보면, 본문의 행간에 미처 담지 못한 작가의 이야기가 담겨 있는 것 같기도 하다. 이런 저자 소개를 읽다 보면 몇 가지 패턴을 발견하게 된다.

첫 번째로 학력, 직업, 전문 영역, 이전의 저서를 건조하게 나열하는 타입이다. 객관적 사실과 전문 지식이 중요한 서적일수록 이렇게 서술하는 방식이 많다. 이런 유형은 그 책에 대해 접근하기 어렵게 만들 수도 있지만, 오히려 책의 전문성을 더욱 신뢰하는 근거가 되기도 한다.

두 번째는 학력, 직업 등을 소개하고 있지만, 그 이력이 책의 내용과는 크게 관계가 없는 경우이다. 보통 자신의 전문 영역에서 벗어나 새로운 분야의 책을 썼기 때문에, 저자 자체를 설명하는 이야기이다. IT회사를 다니던 아이비리그 졸업생이 요리사가 되면서 쓴 에세이라면, 앞의 학력과 전 직업은 반전을 위한 포인트가 된다.

세 번째 유형은 사실 중심으로 건조하게 정리하기보다는 책의 스타일과 분위기를 미리 알 수 있도록 집필 의도와 내용을 완성도 있는 에세이처럼 전달한다. 저자 소개가 유머러스하고 위트가 가득하면, 책 내용도 역시 위트 넘치는 책일 것이라고 상상하게 된다. 영화 예고편이 영화에 기대치를 높이듯이, 저자 소개를 통해 저자가 궁금해지는 만큼 책 내용에 대한 기대도 커진다. 보통 이런 경우에는 독자들에게 자신을 어떤 식으로 어필하고 싶은지가 드러나서 더 재미있기도 하다.

유시민 작가의 《유럽 도시 기행》의 저자 소개를 살펴보면 이런 묘사가 있다. "방송의 시사비평이나 예능 프로그램에 가끔 출연하지만 본업은 글로 지식과 정보를 나누는 '지식 소매상'이다."

'지식 소매상'이라는 정체성은 그가 일관되게 자신을 소개하는 방식이다. 전문적 지식을 대중에게 이해하기 쉬운 언어로 전달하는 중개인이라는 의미이다. 소매상치고는 규모가 무척 크다는 생각도 들기는 하지만, 그다음 내용을 보면 이 책에서 그가 하려던 소매상의 역할이 분명해진다.

"'인생은 너무 짧은 여행'이란 말에 끌려 몇 해 전 유럽 도시 탐사 여행을 시작했다. 도시의 건축물과 거리, 박물관과 예술품들이 들려준 이야기를 독자들에게 전하고 싶어서《유럽 도시 기행》을 썼다." 지식 소매상으로서 이번에는 왜 유럽과 도시에 관심을 가지고 그에 대한 글을 썼는지 그 이유를 소개한다. 자신의 정체성에 책의 의도를 조합한 케이스다.

만화가이자 이것저것 수집하는 콜렉터로서 덕업일치의 본보기라고 할 수 있는 작가 현태준은《아저씨의 장난감 일기》에서 스스로를 굉장히 재미있게 소개한다.

"어렸을 때부터 소심하고 내성적이어서 얌전히 방구석에서 만화를 그리거나 장난감을 만지며 노는 시간이 많았다. (……) 그러던 중 우연히 이웃 할아버지네 문방구를 통해 다시금 장난감과 만나, 지금까지 우리나라의 장난감을 수집, 보존, 연구하는 데 삼십 대를 보내고 있다. 이것저것 잡다한 것을 모으거나 버리지 않는 것을 좋아하며 특히 길거리에서 줍는 것을 무척 즐기는 이 사람은, 우리가 사는 동네와 길거리 풍경, 그리고 취미 생활에 매우 관심이 많다."

그의 학력, 직업보다 본문의 내용과 저자를 일직선 안에 놓으려는 노력이 충만한 저자 소개이다. 물론, 현태준 작가를 아는 사람이라면 그가 어슬렁거리면서 여기저기 기웃거리는 모습을 떠올리며 미소를 지을 테고, 모른다면 작가에 대해서 궁금증이 차오를 만한 내용이다.

한 작가가 자신을 소개하는 방식이 바뀌는 모습을 지켜보는 것도 책 읽는 재미의 하나다. 소설가 김영하의 소설과 에세이가 나오면 읽어보는 사람으로서 저자 소개글의 변천을 보면 꽤 흥미롭다. 2003년에 나온 《김영하 이우일의 영화이야기》의 작가 소개를 살펴보자.

"약간 알려진 소설가. 1995년에 작가가 되었다. 《나는 나를 파괴할 권리가 있다》와 《엘리베이터에 낀 그 남자는 어떻게 되었나》와 같은 긴 제목의 소설과 《호출》, 《아랑은 왜》와 같은 짧은 제목의 소설, 《굴비낚시》, 《포스트잇》과 같은 산문집을 냈다."

지금은 '약간 알려진'이 아니라, '모르는 사람이 없는' 소설가이지만, 2000년대 초반에는 살짝 겸손하게 '약간 알려진'이라고 자신을 소개한다. 그리고 전작의 소개도 긴 제목과 짧은 제목의 소설로 나누는 독특한 방식으로 설명한다.

"한동안 연세대 한국어학당에서 외국인들에게 한국어를
가르쳤고 그 후 서울방송에서 〈책하고 놀자〉라는 프로그
램을 진행했다. 자전거 타기, 몽상, 가벼운 등산, 대화, 쇼
핑을 좋아하며 끔찍하게 싫어하는 것은 별로 없다. 자신
의 소설과는 달리 밝고 명랑한 편이며 엉뚱한 생각으로
다른 사람들을 곤란하게 만드는 일이 간혹 있다. 쥘 베른
의 영향으로 어려서부터 여행을 좋아했으며 언젠가 세계
일주에 도전해 볼 야심을 갖고 있다. 현재 서울 마포에서
아내와 함께 살고 있다."

특이하게도 한국어학당에서 강사로 일을 한 것과 방송
프로그램 진행을 밝히고 있다. 생활인의 모습을 보여주고 싶었
던 것일까. 골방에 틀어박혀 글만 쓰는 소설가의 느낌이 아니
라 사회 활동과 세상의 변화에 관심이 많은 작가의 모습이 상
상이 된다. 또한 외국 소설의 저자 소개에서 마지막에 "아내와
두 딸, 그리고 개 한 마리와 함께 코네티컷에서 살고 있다"같
은 문장으로 마무리가 되듯이 김영하 작가도 비슷한 내용을
넣었다. 소설가라는 정체성에 더해, 외국 소설을 좋아하는 사

람일 거라 짐작이 된다. 중간 즈음에 좋아하는 것과 싫어하는 것을 열거하는 내용은 팬서비스 같기도 하다.

현재 온라인 서점에 올라와 있는 김영하의 최신 저자 소개를 보면 이때와는 많이 다르다. 이제는 "1995년 계간《리뷰》에 〈거울에 대한 명상〉을 발표하며 작품 활동을 시작했다"로 시작해서, 그가 쓴 책들이 나오고, 받은 문학상이 줄줄 나온 뒤 여러 나라에서 작품이 번역·출간되었다는 소개로 끝을 맺는다. 작가의 취향이 바뀐 것일 수도 있지만, 이제는 예전처럼 재치 있는 저자 소개를 쓰기에는 거물 작가가 된 것일까, 하는 생각도 든다. 출간된 작품과 수상한 상만 나열해도 책날개 한 면을 꽉 채우고도 남을 테니까 말이다.

아쉬운 점은 온라인 서점의 저자 소개가 디비로 연동되는 방식으로 바뀌면서, 새 책의 저자 소개만 온라인에서 확인할 수 있게 되었다. 책마다 다른 저자 소개를 읽고 그 작가가 왜 지금 이 책을 썼는지, 어떤 사람인지 미리 상상해보는 재미가 정보의 효율성을 위해 희생된 듯하여 아쉽다.

페이지를 펼치기도 전에 표지에서만 벌써 이런 궁리를 하다니, 시작도 전에 벌써 지치겠다는 탄식이 들리는 것 같다. 그럼에도 나는 저자 소개를 유심히 뜯어보는 걸 좋아한다. 일종의 탐색전을 하는 것이다. 저자와 독자로서 첫 눈인사다. 여기에서 딱 마음에 들면 책을 바로 사랑할 마음이 든다. 첫인상의 효과는 꽤 크다. 표지 디자인과 제목으로 감을 잡고, 저자 소개로 호감도의 심증을 굳히기 한다. 왼손으로 책을 잡고 엄지손가락으로 날개를 펼친다. 저자 소개를 읽으면서 이 책을 쓸 때의 작가를 상상한다. 자, 이제 오른손으로 첫 페이지를 넘긴다. 본격적인 독서의 시작이다.

여행에 함께할 책 고르기

여행지를 상상하며 고른 책이 그곳의 분위기와 잘
어울릴 때, 책을 읽어 알게 된 사실과 맥락을 눈으
로 직접 보고 확인하고 온몸으로 느끼는 것이 모두
책과 여행이 함께할 때 얻을 더블찬스 기쁨이다.

─────────────── 비록 내가 스티븐 킹이나 무라카미 류 같은 작가는 아니지만, 호텔에서 글을 쓰고 독서를 하는 경험을 한번쯤 해보고 싶었다. 이 글을 쓰기 위해 주말에 호텔에 묵기로 했다. 글을 쓰러가는 1박 2일의 짧은 일정이었지만, 가방에 책은 세 권이나 넣었다. 오후와 밤, 새벽과 오전, 자기 전과 맥주 한잔하고 난 다음에 읽고 싶은 분위기의 책은 다 다를 것이니 모든 경우의 수를 다 가져가는 것은 당연하다.

예전부터 나에게 짧건 길건 여행을 갈 때 최고의 고민은 책이었다. 여행 가방에 어떤 책을 넣고, 몇 권 정도가 적당할지 결정해서 넣는 것, 출발하는 당일까지도 제일 중요하게 고심하는 일이었다. 일주일 정도 해외 학회나 휴가를 갈 때가 가장 고민을 많이 할 때다. 비행기에서 읽을 책, 호텔에서 시차 적응에 실패한 한밤에 일어나 읽을 책, 학회장에서 한국어가 고플 때 읽을 책, 돌아다니다 다리를 쉬면서 카페에서 읽을 책, 기차에서 읽을 책 등등 상황이 다른 만큼 필요한 책도 모두 다르다. 밥을 배부르게 먹고 난 다음 디저트 먹는 배는 따로 있는 것이고, 고기를 아무리 먹어도 2차에 맥주 마실 배는 언제나 따로 존재하는 것처럼.

가장 먼저 챙기는 것은 아무래도 소설이다. 긴 시간 비행기를 타거나 기차를 타야 할 때 좋은 친구다. 심오한 순수

문학 소설보다는 재미있는 플롯에 확확 잘 진행되는 페이지터너 소설이 제격이다. 공항소설(airport novel)이라는 비공인 장르는 역사가 깊다. 공항이나 기차역 서점의 북스탠드에 페이퍼백으로 줄줄이 꽂혀 있는 소설들이 바로 공항소설로 불리는 책이다. 꽤 두꺼운 책으로 긴 내용이나 빠른 진행이 특징인 장르소설로 정의한다. 프랑스에서는 '철도소설(romans de gare)'이라 불린다고 하니, 전 세계 사람들의 마음은 거기서 거기인가 보다. 대표적인 소설가는 댄 브라운, 리 차일드, 톰 클랜시, 이안 플레밍, 존 그리샴, 스티븐 킹, 제임스 패터슨 등이다. 나도 이 소설들을 좋아하는데, 도서관에서 빌리기도 한다. 구매한 책인데 부피가 크면 다 읽고 난 후, 호텔 방, 라운지나 로비에 놓고 온다. 혹시 불면에 시달리는 한국인이 있으면 반가워할 것 같아서다. 구미의 소설가가 아니라면 일본의 아사다 지로, 이케이도 준, 미야베 미유키, 사사키 조의 소설이 여기에 어울린다.

두 번째 리스트에 들어가는 책은 시간과 여유가 없어서 보지 못했던 책이다. 꽤 무게감이 있고 두꺼운 인문사회 서적을 한 권 가져간다. 진드근히 읽고 싶었지만 사놓기만 하고 책장에 꽂아둔 지 오래된 책이 주요 타겟이다. 안타까운 점은 가져가더라도 제대로 읽지 않고 그대로 들고 오는 경우가 많다는 것이다. 이런 일이 반복되면서 점점 가져가는 책의 두께가

얇아지고 있다. 현실적으로 체력이 떨어지는 만큼 페이지 수도 감소하는 중이다.

세 번째는 가볍게 읽을 산문집이나 쉬운 사회비평서들이다. 250페이지 이내로 데일리 백팩에 넣어 갖고 다니기 좋다. 소설 같은 몰아치는 흐름이 없어서 끊어 읽어도 괜찮다는 점이 이들의 장점이다. 일주일 일정이라면 최소 네 권 정도는 넣어야 떨어지지 않는다. 이 중에 한 권 정도는 이걸 왜 들고 왔지 싶은 실패작이 있기에 넉넉히 준비해야 한다.

마지막으로 여행 가는 곳과 관련한 책이다. 여행 가이드북도 한 권 정도는 넣는다. 그보다 더 소중하게 고르는 책은 가는 곳과 관련한 개성 있는 저자의 에세이나 여행지의 특색 있는 한 가지 주제로 쓴 책이다. 가기 전에 미리 읽고 가도 좋지만, 나는 가급적 비행기에서 보면서 가볼 곳을 체크하거나, 호텔이나 카페에서 그 도시의 분위기와 책의 일치율을 높이면서 읽는 것을 즐긴다. 파리의 곳곳을 공간 디자인의 관점에서 쓴 실내건축가 김면의 《파리, 에스파스》에서 언급된 곳을 찾아가본 적이 있다. 가이드북이나 인터넷에서 소개되는 것과 다른 결로 똑같은 공간을 설명한다. 파리에서 흔히 보는 길가의 베이지색 아파트와 길쭉한 도로가 나폴레옹 3세와 오스만 남작의 근대 도시계획에 따라 만들어진 것이고, 혁명 세력을 색

출하려는 정치적 맥락이 있다는 것을 알고 보면 무심히 지나치지 않게 된다. 공간 안의 봐야 할 작품이 아니라, 공간 자체를 생각하게 된다. 이렇게 여행하다 보면 색다른 기분을 느낄 수 있다. 외울 필요 없이 느끼는 것이다.

이 네 가지 요소가 잘 조화된 '책' 가방을 싸야 한다. 여행을 앞둔 타임라인에서 책 선택은 계획대로 진행되어야 한다. 먼저 일주일 전, 마지막으로 북쇼핑을 하고 인터넷 주문을 한다. 도서관에 들러서 넉넉하게 대출을 한다. 책장을 둘러보면서 가져갈 책을 고르고, 여행지와 연관된 책을 찾아서 책상 위에 놓고 마지막 순간에 가방에 넣을 것을 결정한다. 이게 끝이 아니다. 전날 짐을 싸면서 수하물로 부칠 가방에 넣을 책과 백팩에 넣어 공항과 비행기에서 읽을 책을 나눠야 한다. 특히나 유럽같이 열 시간이 넘는 비행이라면 분류하는 데 굉장히 고심하게 된다. 아직 다섯 시간은 더 타야 하는데, 잠은 안 오고, 보고 싶은 영화는 없고, 책은 다 봤거나, 별 재미가 없으면…… 갖가지 경우의 수를 생각해본다.

그 불안은 결국 공항 면세 구역의 서점을 들르게 한다. 혹시 한 권 정도 더 들고 탈 책이 있는지 둘러본다. 눈에 띄는 잡지 한 권, 이건 여행이니까 하는 마음으로 산다. 여행 가서 2박에 한 병씩이라는 아주 정확한 계산으로 면세 구역에서 위스키를 사는 친구가 있다. 그게 제일 싸게 먹히고, 밤에 호텔에서 술 떨어지면 큰일이라고. 그의 금주에 대한 두려움만큼 내게도 책 금단의 두려움이 크다. 가방이 아무리 무거워져도, 자리가 없어서 옷은 빼더라도(정 필요하면 패스트패션숍에 가서 사면 그만이다), 책은 떨어지면 안 되는 법이다.

여행을 가기 위해 책을 고르는 것은 즐거운 일이다. 여행지를 상상하며 고른 책이 그곳의 분위기와 잘 어울릴 때, 책을 읽어 알게 된 사실과 맥락을 눈으로 직접 보고 확인하고 온몸으로 느끼는 것이 모두 책과 여행이 함께할 때 얻는 더블 찬스의 기쁨이다. 게다가 시차적응 실패로 한밤중에 일어나도 무섭지 않다. 읽을 책이 있어서이다. 어떨 때는 반갑기까지 하다. 재미있는 소설에 파묻혀 있다 보면 훌쩍 동이 터 있고, 엄두도 못 내던 밤샘 독서를 해냈기 때문이다.

베스트셀러의 공식

눈에 많이 띄는 책에만 시선을 주면 진짜 좋은 책,
내게 필요한 책을 만나지 못할 수 있다. 휙 바람이
불 때 잠시 기다려보자고 권하고 싶다.

─────── 영화 한 편과 책 한 권은 문화 콘 텐츠라는 점 말고도 여러모로 유사하다. 물론 둘은 투입되는 자본의 규모와 소비력의 차이에서는 비교할 수 없다. 영화가 롯데타워라면, 책은 어떻게 요만한 땅에 잘도 지었네라는 감탄을 들을 협소주택이다. 스케일의 차이가 분명하다. 영화는 개봉 전부터 물량공세로 홍보를 한다. 영화업계 사람들은 한결같이 '첫 주 관객 수 스코어가 나오면 큰 예외가 없는 한 전체 관객수를 알 수 있다'고 말한다.

영화가 1~2주에 판가름이 나는 것에 비해서 책은 몇 주 정도 곡선의 움직임이 늦게 올라가고 늦게 내려간다. 책도 정식 발매 이후에 전반적으로 급격히 올라갔다가 서서히 내려가는 곡선을 그리는 것은 마찬가지다. 물리학자 김범준 교수의 《관계의 과학》을 읽었다. 물리학자의 눈으로 사회적 이슈를 분석하면서 물리 이론을 쉽게 설명하는 책이었다. 후반부에 베스트셀러 수명의 비밀을 멱함수로 푼 부분이 눈에 들어왔다. 최상위권의 베스트셀러 소설, 보통 소설, 일반적 과학책과 저자의 이전 저서의 판매추이를 대형서점으로부터 반년치 자료를 받아서 그 추이를 그렸다. 친절하게 그래프까지 그렸는데, 최상위 책은 출간 후 4~5주에 피크 판매량을 보이고, 시간이 지나면 서서히 판매량이 줄어든다. 일반 책에 비해서 최상위 베스트셀러급의 소설은 최대 판매량에 도달하는 시간이 2배 길고, 떨어지는 낙폭의 기울기도 낮아서 판매량이 반으로 줄어드는 반감기도 2배로 길었다. 서서히 떨어지는 패턴은 일정한데 피크를 100으로 볼 때 52주차, 즉 1년이 되면 1퍼센트 정도로 줄어들 것으로 예상했다. 이 패턴은 피크의 높이에 따라 베스트셀러 소설, 일반소설, 과학서의 순서로 줄을 세울 수 있었다. 피크가 높을수록 전체 판매량을 나타내는 면적은 커진다. 영화가 개봉 후 1~2주라면, 책은 발매후 4~6주 정도가 이 책의 운명을 결정해주는 시기가 되는 것이다. 물론 이건 책의 가치보다 판매량의 측면을 말한다. 내 책이나 관심 있는 책이라서 추이를 따라가며 짐작해보던 책의 판매 패턴에 대한 심증이 확인되는 듯했다.

영화제작자들이 속편을 좋아하고, 유명 배우를 어떻게든 캐스팅하고 싶어 하는 것은 홍보의 부담을 덜기 위해서라고 한다. 어벤져스 시리즈, 해리 포터나 반지의 제왕의 새 에피소드가 나오는 것은 쉽게 사람들이 알 수 있으니까. 책도 무라카미 하루키, 알랭 드 보통, 김영하, 김훈과 같은 유명 작가의 새 책이 나오는 것은 프랜차이즈 영화의 속편 같은 힘을 가질 것이다.

베스트셀러 리스트는 그런 면에서 독과 약의 측면이 있

다. 초반에 베스트셀러가 되면 사람들이 쉽게 찾게 된다. 1년에 몇 권 정도의 책을 보는 일반 독자라면 '남들이 보는 책을 나도 본다'는 것이 책을 선택하는 데 중요한 요소다. 영화도 여름 블록버스터를 모두가 보는 것과 같다. 5천만 명이 사는 나라에서 천만 영화가 일 년에 두세 편씩 나오는 이유다.

많이 팔린 책이 다 좋은 책은 아니다. 마치 헐리우드 블록버스터가 영화적으로 좋은 영화라고 하기에는 무리가 있는 것과 같다. 대중적인 것과 좋은 것은 구별을 할 필요가 있다.

트렌드세터로 대중문화의 흐름을 잘 쫓아가는 게 목적이라면 베스트셀러를 놓치지 않아야 할 것이다. 멀티플렉스 영화관이 있지만, 인디 예술영화관을 가는 사람이 적게라도 존재하듯, 넷플릭스로 숨겨진 보물 같은 영화를 찾아내보고 공유하는 사람이 있듯이, 영화제를 찾아가 대중적이지는 않으나 많은 의미를 주는 영화를 음미하고 싶은 사람도 있다. 책은 영화에 비해서 더욱 그럴 가능성이 높다. 롱테일이 길게, 아주 길게 존재하는 영역이다. 여기도 역시 베스트셀러를 보지 못해 불안해하지 않는 사람들이 많은 곳이다.

영화를 홍보하는 것만큼은 아니나, 홍보는 진짜 좋은 책과 그렇지 않은 책을 혼동할 가능성을 준다. 서점에 어쩌다 한 번 가서 매대에 팝업이 있고, 배너 광고가 있는 책을 우선 고르는 수도 있다. 책을 자주 보는 사람이 아니라면 어쩔 수 없는 선택이다. 남들이 다 보는 책을 보는 것이 가장 안전한 선택임은 분명하다. 베스트셀러보다는 좋은 책을 골라서 읽고 싶다고 한다면, 6개월 정도 지난 다음에도 여전히 언급이 되는 책을 찾아서 보는 것도 요령이다. 마케팅으로, 저자의 유명세로, 드라마에 나와서, 유튜버 같은 인플루엔서가 권해서 흥한 책 중에 옥석이 가려지는 데 반년이면 충분하다. 한참 사람들의 입에 오르내리거나, 눈에 많이 띄는 책에만 시선을 주면 진짜 좋은 책, 내게 필요한 책을 만나지 못할 수 있다. 획 바람이 불 때 잠시 기다려보자고 권하고 싶다. 연못에 바람이 불고 손을 넣어 휘휘 저어서 뿌옇게 되는 것 같다. 뿌옇던 모래가 서서히 가라앉은 다음에야 비로소 좋은 게 무엇인지 볼 수 있게 물이 맑아진다. 그때 비로소 물속에 반짝이는 것이 보인다.

영화는 개봉일 앞뒤로 일주일 간격으로 개봉한 영화들과 경쟁한다. 그에 비교해서 책은 같은 기간에 나온 책들과 경쟁하는 것뿐 아니라 이전에 나온 베스트셀러나 꾸준히 팔리는 스테디셀러와도 경쟁해야 한다. 쉬운 일이 아닌 것이 분명하다. 그런 면에서 잘 아는 저자의 기다리던 신간이 아니라면, 아직 뭔가 확신이 가지 않는 책이라면 잠시 기다려보는 것도 괜찮은 방법이다. 시간이 지나고 나면 처음에 흥했던 책 중

일부는 사라질 것이다. 진짜 괜찮은 책이라면 치열한 경쟁 속에서 살아남을 것이다. 당연한 이치다. 그 책은 홍보의 바람이 지나가고 잠잠해진 다음, 다른 책들과 비교해서 분명한 자기 가치를 만들어내며 견뎌내고 나를 기다리고 있을 것이다.

의외로 잔잔하게 여러 채널을 통해 소개가 되는 책들이 나타난다. 영화와 달리 책은 훨씬 다양한 니즈가 존재하는 콘텐츠이고, 천천히 섭취해도 되는 콘텐츠다. 뭘 읽어야 할지 모르겠을 때에는 베스트셀러 목록을 훑어보는 것도 좋지만, 평소 눈여겨보던 블로거의 리뷰, 매체 칼럼에서 인용되거나 언급된 책을 찜해두었다가 보는 것을 권하고 싶다. 진짜 좋은 책은 쏟아지는 홍보의 물결이 지나가고 난 다음 비로소 자기 빛을 내기 마련이라는 게 내 경험이다.

함께 읽기라는 낯선 경험

북클럽에 참여할 때 개인이 원하는 것은 당연히 다를 것이다. 북과 클럽, 두 가지 중 무엇에 비중을 둘지 차이다. 각자 자신의 지향점에 따라 넓은 스펙트럼에 퍼져 있는 것이 보였다.

———————————————— "북클럽 한번 해보실래요?"

　친한 지인에게서 난데없는 연락이 왔다. 아끼던 후배가 퇴사해 유료 북클럽을 만들었는데, 클럽장으로 참여해보라는 제안이었다. 북클럽하면 떠오르는 것은 미국 드라마다. 삼삼오오 동네 주부들이 모여서 책 한 권을 놓고 차를 마시면서 책에 대해 말하는 모임이 떠올랐다. 2001년 미국 시카고에서 하퍼 리의 《앵무새 죽이기》를 온 시민이 읽고 토론하자는 분위기를 만들면서 '한 도시 한 책'으로 발전하여 더욱 일반화된 일상이 된 것이다.

　책을 읽지 않는 사람들이 늘어난다는 성토 기사가 가득한 와중에 유료 독서모임이라니, 궁금증이 생겼다. 이 북클럽은 모임 전까지 최소 400자의 독후감을 온라인에 올려야 모임에 참석할 수 있다. 의무가 독서를 강제하고, 책에 대해 저녁 내내 이야기하는 모임이다. 지금까지 내가 가본 북토크와 무척 달랐다. 뮤지컬 한 편을 볼 돈을 내고 책을 주지도 않는데 돈 주고 사서 미리 읽고 오는 모임이라니.

　2016년 8월부터 한 시즌을 하기로 결정했다. 클럽 이름은 '마음'. 좋아하는 심리 서적을 놓고 토론하는 모임을 기획한 것이다. 다행히 15명의 자리는 며칠 만에 마감이 되었다. 첫 모임이 있던 날, 저녁을 든든히 먹고 7시 40분부터 시작하는 압구정성당 뒷골목의 허름한 건물 3층에 있는 북클럽 장소를 찾아갔다. 크루라 불리는 직원 한 명이 보조로 자리를 잡고, 회원들이 모임방을 채웠다. 참석자의 70퍼센트는 여성이고, 20~40대의 연령대로 우리나라 주요 도서 구매층이자 심리서를 읽는 사람들과 유사했다. 모두 고학력의 직장인으로, 약사, 기자, 음악치료사, 치과의사, 컨설팅회사, IT회사 직원 등 다양했다. 첫 책은 사회심리학자 존 카치오포·윌리엄 패트릭의《인간은 왜 외로움을 느끼는가》를 골랐다. 꽤 난이도가 있는 책이었지만 아주 어렵지는 않게 읽었다는 피드백을 받았다.

클럽장인 내가 먼저 발제를 하고 돌아가면서 이야기를 하고 질문과 대답을 하는 식으로 토론을 이어갔다. 어느 모임에서나 볼 수 있는 현상이 관찰되었다. 몇 명이 주도하면서 꽤 길고 적극적으로 말한다. 자기 분량은 챙기는 중간 그룹, 마지막 두세 명은 크루나 내가 말을 해보도록 유도해야 겨우 자기 의견을 말했다. 한 사람이 책의 내용보다 구절의 한 부분에 꽂혀서 장황하게 개인 경험을 풀어내고, 거기에 맞장구를 치는 사람이 생기면 이야기는 산으로 가기 일쑤였다. 분위기는 나빠 보이지 않았다. 사람들이 책을 읽고 와서 같은 자리에서 몇 시간 동안 자신의 경험을 공유하고 웃으며 즐기는 것으로도 충분히 만족하는 것 같아 보였다.

북클럽은 3시간 40분 동안 진행되고 11시가 넘어 끝이 났다. 한 번도 이렇게 처음 만나는 사람들과 오랫동안 대화해본 적이 없었고, 모임을 이끌어야 한다는 의무감도 더해졌다. 술자리도 아닌 맨정신의 모임을 네 시간이나 했다니. 11시 20분쯤 클로징을 했을 때는 거의 탈진 상태였다. 자리를 정리하고 일어나려는데, "이제 뒷풀이를 시작해야죠"라며 회원들의 눈빛이 빛났다. 네 달의 모임을 마무리하면서 나는 다음 시즌은 하지 않겠다고 항복 선언을 했다. 한 명의 일반 회원으로 참석하는 것은 해볼 만한 일이지만, 클럽장으로 4시간 동안 모임을 이끌면서 책과 관련 주제를 이야기하는 것은 나에게 버거운 일이었다.

그럼에도 한 시즌의 북클럽 경험은 내 인식의 확장을 가져왔다. 나는 북클럽은 책을 읽고, 소감을 말하고, 잘 이해하지 못한 부분을 더 잘 이해하기 위해 토론하고 알아가는 과정이 90퍼센트여야 한다고 믿었다. 그리고 혼자였다면, 몰라서, 호감이 없어서, 어려워서 읽지 않았을 책을 선택해 읽으며 독서의 지평을 넓힐 수 있다는 효과도 있을 것이다. 내가 참여해본 북클럽에서는 책의 내용을 이해하기 위한 토론은 50퍼센트 이내가 아니었나 싶다. 나머지는 바쁜 일상에 북클럽이라는 공동체의 회원으로 소속감을 갖고, 한 권의 책이라도 제대로 읽고자 하는 마음과 평소 다른 네트워크에서는 하지 못했을 책과 문화, 인문에 대한 이야기를 마음껏 하며 우호적인 분위기를 느끼고 싶은 욕망인 것 같다. 사람들과 지적인 감각을 향유하고 싶은 욕구를 가진 사람들이 많았던 것이다.

하지만 나는 혼자 읽는 게 좋다. 무라카미 하루키의《국경의 남쪽, 태양의 서쪽》에서 주인공 하지메가 자신의 고등학교 시절을 돌아보며 회상하는 장면이 떠올랐다. 책과 음악에 대한 체험을 다른 누구와 이야기하고 싶다는 욕망이 없었다는 독백 부분이었다. 책에 대해서 이야기하는 것은 좋지만 한 권을 갖고 네 시간이나 말하고 싶은 생각은 없다. 그 시간이면 한 번 더 읽거나, 새 책을 한 권 더 읽을 것이다. 열 명이 넘는 사람들이 각각 레벨의 차이가 있을 텐데 그 차이를 모두 안고 가면서 함께 읽음을 공유하기에는 성질이 급하다.

운동과 비슷한 것 같다. 축구, 농구같이 팀으로 하는 운동을 좋아하는 사람과 달리기, 자전거, 등산같이 혼자 하는 운동을 좋아하는 사람이 있다. 이런 성향은 책을 읽는 것에도 영향을 미치는 것이다. 생각해보니 나는 팀 스포츠보다 혼자 하는 게 좋았다. 자전거도 여럿이 타다가 지금은 혼자 타고, 요새 몰두하는 것은 달리기다. 옳다 그르다가 아니라 개인의 성격적 취향이다. 나는 북클럽이 궁금했고, 책에 대해 여러 관점을 나눠 생각을 풍성하게 하는 동질감과 포만감이 어떤 것인지 궁금했다. 안타깝게도 나와는 잘 맞지 않았다. 누군가 말했다. "원데이 클래스란 막연히 동경하던 일을 하루 동안 열심히 배우며 이 길은 내 길이 아님을 깨닫는 뜻깊은 시간"이라고. 내게 북클럽은 하루보다는 긴 원데이 클래스였다.

북클럽에 참여할 때 개인마다 원하는 것은 당연히 다를 것이다. 북과 클럽, 두 가지 중 무엇에 비중을 둘지 차이다. 각자 자신의 지향점에 따라 넓은 스펙트럼에 퍼져 있는 것이 보였다. 그 과정에 나의 특성이 두드러져 보였다. 나는 남들과 오래 대화를 하면서 교감을 하기보다 빨리 지식을 흡수하고 내 것으로 만들어 정리한 후 다음 책으로 넘어가는 게 익숙하다. 남이 어떻게 읽었는지 궁금하기보다 내가 뭘 느끼고 만족하는지에 관심이 쏠린다. 이건 아무리 오래 해도 잘 지치지 않는다. 신기하지만 그렇다. 일과가 끝난 후에는 말하기보다 혼자 생각하고 멍 때리는 시간을 즐긴다. 누구를 새로 알아가는 데 호기심을 갖고 동기부여가 되기보다 책에서 지식을 얻는 것을 더 좋아하는 성향이었다. 이렇게 넉 달 동안의 북클럽 활동은 혼자 읽는 것을 좋아하는 나란 존재의 특성을 확실히 깨닫게 해주는 계기가 되었다.

5장
이런 책을 권하고 싶습니다

정신분석을 공부하고 싶다면

100년 남짓한 신생 학문이지만 그 사이 많은 발전
과 변화가 있었다. 그러니 큰 흐름의 맥락과 방향
을 파악하는 게 우선이다.

─────────────── 프로이트의 이론과 정신분석은
정신의학과 심리학에 관심 있는 사람이라면 한 번쯤 제대로
공부해보고 싶은 주제다. 하지만 검색을 해봐도 관련 책들이
너무 많아서, 어느 것부터 읽어야 할지 몰라 난감해한다. 조금
우직한 사람이라면, 혹은 용감한 사람이라면 프로이트 전집
원전을 1권부터 읽기 시작할 것이다. 그러나 결국 반쯤 읽다
포기할 수밖에 없다. 100여 년 전에 쓰인 오스트리아 의학 논
문은 난해할 수밖에 없기 때문이다. 고등학생, 대학생 때《꿈의
해석》을 세 번쯤 시도했다 포기했던 경험자로서 하는 말이다.

　전공의를 처음 시작하던 때 큰돈을 들여서 프로이트
전집 영문판을 구입했다. 그 당시만 해도 영문판을 정식으로
수입하는 곳도 없었기 때문에, 주로 해외에서 구입한 책을 고
급 복사 기술과 제본 기술을 활용해 만든 해적판을 구할 수
밖에 없었다. 제임스 스트래치가 번역하고 해제를 단 표준판
24권이었는데, 전공의 4년 내내 제대로 읽은 적은 없었다. 책
장 한 줄에 꽂아놓고 뿌듯해하는 용도였다. 그 후 한글 번역본
이 정식으로 출간되어 반가운 마음으로 읽어보았지만, 안타깝
게도 차라리 영어로 보는 편이 나을 정도로 잘 읽히지가 않았
다. 독어판과 영문 표준판을 기본으로 여러 버전을 참고해서
그런지, 독어와 불어, 영어 단어가 뒤죽박죽이었다. 전집의 순

서도 한국 출판사의 상황에 따라 정해졌는지 원전과 달랐다. 이렇게까지 설명하는 이유는 이 번역본을 읽고 좌절감을 느끼는 독자들에게 용기를 주기 위해서다.

전공자인 나 역시 원전이든 번역본이든 프로이트의 저작을 읽고 내용을 이해하기가 힘들다. 특히나 초심자가 원전만으로 프로이트와 정신분석을 이해하는 건 굉장히 어려운 일이다. 성경책 한 권 읽고 신학에 통달하거나 종교적 믿음의 본질에 다가간다는 말과 같다. 정신분석을 공부하고 싶다는 마음으로 일단 프로이트의 저작부터 시작하는 것은 좋지 않은 방법이다. 장님이 코끼리를 만지는 것 같은 상황이 되기 쉽다. 정신분석 이론은 이제 100년 남짓한 신생 학문이지만 그 사이 많은 발전과 변화가 있었다. 그러니 큰 흐름의 맥락과 방향을 파악하는 게 우선이다.

먼저 권하는 책은 피터 게이의 《프로이트》다. 정신분석을 이해하는 첫걸음은 프로이트의 삶을 아는 것이다. 프로이트를 연구했던 많은 학자들이 현대의 관점에서 프로이트를 비판적으로 보거나, 정신분석의 시초로서 지나치게 우상화시키고 있어서 판단하기 어려운 면이 있는 것도 사실이다. 그에 반해 피터 게이는 정신분석가가 아니라 19세기 말부터 20세기 초반의 유럽 역사에 정통한 역사학자로, 프로이트의 삶을 상당히 중립적으로 다루어 객관적인 눈으로 그의 생애와 연구를 들여다볼 수 있게 한다.

안타깝게도 프로이트는 생전에 서한, 메모, 논문 발췌본을 폐기하여 그를 연구할 1차 자료를 없애버렸고, 남은 자료들도 모두 봉인했다. 피터 게이는 10년에 걸쳐 이 빈 곳을 메우기 위해 많은 자료를 조사했다. 경매로 거래되는 프로이트의 편지들을 조사하거나 프로이트와 관련된 이들을 인터뷰하여 그를 객관적으로 파악할 수 있는 자료를 축적했다. 이를 바탕으로 프로이트와 정신분석의 초창기에 대해서 썼다. 1100페이지짜리 두 권을 읽어 내려가다 보면, 정신분석은 프로이트의 삶과 분리해서는 제대로 이해하기 어렵다는 걸 알 수 있다.

권위적인 아버지 야코프 프로이트 죽음과 막내동생인 알렉산더 프로이트와의 긴장 관계는 자기분석을 시작하고 정신역동에 대한 아이디어를 얻는 계기가 되었다. 또한 이론으로 발전시킬 수 있었던 것은 임상치료를 했던 환자의 치료에 실패했다는 것을 인정하고 논문으로 다루었기 때문이었다. 대표적인 예가 도라의 사례의 실패를 돌아보며 전이(轉移)의 존재를 발견한 것이다. 그렇다고 정신분석이 프로이트 개인의 탁월함으로만 창시된 것은 아니다. 20세기 초반 유럽의 문화와 역사, 유럽에서 유대인의 사회적 위치, 과학의 발전과 미래에 대한 낙관적 기대에 더해 프로이트의 천재성과 신경증적 욕망에 대한 통합적 사고의 상호작용에서 비롯된 것이다. 역사학자의 책답게 근대 유럽의 문화사도 알려준다.

이제 프로이트의 원전으로 가보자. 여전히 문턱이 높지만 한 권으로 큰 그림을 그려주는 책이 있다. 《리딩 프로이트》다. 스위스의 정신분석가 장 미셸 키노도즈가 '프로이트의 저술들을 연대순으로 읽는 세미나'를 진행하면서 쓴 책이다. 1895년 프로이트의 첫 책 《히스테리 연구》를 시작으로 1938년에 나온 《정신분석학 개요》까지 개요와 핵심, 원문의 중요한 구절을 설명한다. 제목은 프로이트의 원전 저작물이다. 챕터의 구성은 동일하다. 간략한 소개와 중요한 주제를 언급하고, 역사적 맥락과 프로이트의 생애사에 대한 정보로 이 글을 쓴 이유와 맥락을 이해하는 것이 목적이다. 그 후 핵심 원문을 발췌하고 해석해준다. 후반부는 정신분석 임상에서 어떻게 그 저술이 영향을 주는지 설명한다. 마지막으로 핵심 주제가 프로이트 사후에 발전한 과정, 후기 프로이트 학파에서 비판하는 것, 계승한 것이 무엇인지 소개한다.

정통 정신분석가이자 일타강사가 진행하는 프로이트 읽기라고 말해도 좋을 것 같다. 캐나다에서 정신분석연구소를 다닐 때 첫 1년차는 프로이트의 저작이 교과서였다. 영문 원전을 다 읽어갈 능력이 없었던 내가 이 책을 발견한 것은 사막에서 오아시스를 발견한 것과 다를 바 없었다. 이 책을 읽고 맥락을 파악한 후 원전에서 필요한 부분을 읽고 가면 얼추 일인분의 토론에 참여할 수 있었다. 정신분석을 공부하고 싶다면 프로이트 저작의 큰 흐름을 그려보는 것은 피할 수 없는 과제고, 이 책은 그것을 위해 가장 빠르고 정확하고 편한 길이다.

이제 프로이트 이후의 정신분석학에 대해 공부할 차례다. 현재의 정신분석학이 프로이트의 이론을 그대로 고수하고 있다고 생각하면 오산이다. 또한 프로이트 이후에 등장한 이론과 발견이 항상 그 이전보다 뛰어나고 이전 시기는 과오와 오류라고 판단하는 것도 실수다. 프로이트의 이론이 이후 라캉이나 상호주관성 이론으로 발전해나갔다고 해서 그 이론이 최선은 아니다. 그럼에도 프로이트 이후 정신분석 이론의 발전에 대해서는 역시나 흐름을 타면서 이해하는 것이 필요하다. 여기까지 하고 나면 비로소 심리, 정신분석 관련 책을 읽을 때 여기에서 인용하는 이론이 도대체 어느 동네에서 가져온 것인지 방향과 위치를 잡을 수 있다.

그러기에 가장 좋은 책은 스테판 밋첼과 마가렛 블랙이 쓴 《프로이트 이후》다. 이 책은 '프로이트와 고전 정신분석', '자아심리학'의 두 장으로 정신분석학의 기본을 끝내고 나머지는 그 이후의 변화와 발전에 대해 설명한다. 해리 스택 설리반과 대인관계 정신분석, 멜라니 클라인과 도널드 위니코트 등의 대상관계 이론, 하인즈 코헛을 중심으로 한 자기심리학, 이후의 상호주관주의 등 70년대 이후의 변화를 생생하게 다룬다. 그리고 각각의 이론이 필요했던 이유와 이전 이론의 어떤 단점을 메꾸기 위해 등장했는지 상세히 설명한다. 지금까지 영향력을 갖고 있는 현대의 정신분석 이론들을 모아서 설명하는데, 읽고 나면 현재 정신분석의 지형도가 그려진다. 프로이트라는 커다란 나무에서 뻗어 나온 여러 가지 가지들이 어디까지 뻗어 있는지 파악하고, 그 열매가 무엇이고 어떤 맛인지까지도 대략 보인다. 이제 하나하나 손을 뻗어 그 열매를 따 먹어 보는 일만 남는다.

그러니 프로이트와 정신분석에 대해서 알고 싶다면 일단 여기서 추천한 세 권을 읽어보자. 분명 유튜브에서 몇 분만에 정리해주는 동영상을 보는 것보다는 힘든 과정이다. 그렇지만 이 정도 읽고 난 다음에는 어떤 책을 읽든, 누구와 대화를 하든, 정신분석과 관련된 주제에 대해서라면 한결 수월하게 이해하고 말할 수 있을 것이라 장담한다.

불안에 대한 책

불안을 없애지는 못해도, 불안의 실체는 어렴풋이
그려질 것이다. 모르고 맞는 매보다 알고 맞는 매
는 훨씬 견딜 만하다.

─────────────── 진료를 하다 보면 불안을 없애거나 줄이고 싶다는 말을 많이 듣는다. 아는 게 오히려 병이 되는 곳이 마음이지만, 불안을 불확실성의 문제로 생각한다면 더 깊이 아는 것이 좋을 수도 있다. 최소한 나는 불안에 대한 전문가가 되어야 하니 눈에 띄는 책들을 꽤 찾아보았다. 지금까지 본 책 중에 핵심을 잘 다룬 책 몇 권을 골라보았다. 불안을 없애지는 못해도, 불안의 실체는 어렴풋이 그려질 것이다. 모르고 맞는 매보다 알고 맞는 매는 훨씬 견딜 만하다.

정신건강의학과 전문의 김건종의 《마음의 여섯 얼굴》을 먼저 소개한다. 불안에 대해서만 다룬 책은 아니다. 우울, 불안, 분노, 중독, 광기와 사랑이라는 여섯 가지 감정을 정신분석적 관점에서 쓴 진지한 에세이다. 오랜 시간의 깊은 사유로 체화된 것들을 단단한 문체로 펼쳐내는 이 책은 불안의 본질에 대해서 한 챕터를 할애한다. 저자는 불안이 현대사회의 유행이 되었다고 단언한다. 불안에 대한 사실상 불가능한 완벽한 통제 욕구가 역설적으로 끊임없는 불안을 일으키고 강박을 만든다. 강박은 환경을 안전하게 만들려고 노력하게 하지만, 궁극적으로 실패할 수밖에 없다. '완벽한 안전'이라는 존재할 수 없는 목표를 지향하기에 현대사회는 불안의 구덩이에서 헤맨다. 아무렇지 않던 일상의 공간이 어느 순간 불안의 대상이 되고 공포가 생긴다. "일상적인 삶을 살아가던 공간이 괴물이 숨어 있는 공포스러운 지하세계가 된다"고 저자는 설명한다. 그러므로 불안을 없애는 것이 목표가 되어서는 안 된다. 불안을 일정한 수준으로 조절하고, 일상적이고 정상적인 불안을 받아들이는 것이 목표가 되어야 한다. 덜 불안해지는 것을 넘어서서 불안해도 괜찮다고 여기는 것이 개인의 과제가 되는 것이다. 이 책은 프로이트, 위니코트, 클라인 등 중요한 정신분석가들의 이론을 어렵지 않게 소개하되, 지나친 인용과 해석을 자제하고 저자가 자기 것으로 소화한 내용을 전달하고 있다는 것이 장점이다.

불안에 대한 인문학적 소양을 다진 다음에는 실용적인 측면에서 불안을 조절하는 법을 알려주는 책을 펼쳐들 차례다. 정신건강의학과 전문의 최주연의 《불안해도 괜찮아》다. 우리의 목표는 불안을 없애는 것이 아니라 잘 관리하고, 불안과 함께 잘 살아가는 것이다. 이 책은 인지치료적 관점으로 구성되어 있는데, 정신분석학과 함께 불안의 심리이론의 토대가 되는 두 봉우리 중 하나다. 두 저자 모두 불안을 대상화해서 증상으로 만들고, 이를 없애버려야 할 흉터나 혹으로 여기지 않는다. 불안의 불가피성을 인식하고 존재 이유를 알고 나면 불안은 훨씬 견딜 만해지고, 불안을 잘 안고 가면서 관리하고 조절해나가는 것으로 변경해야 한다는 것이다.

사람들은 '내가 무슨 생각을 하고 있는지' 정확히 모른다. 습관적으로 판단하고 너무 빨리 결론을 내려서 그 생각이 틀렸다는 것조차 인식하지 못한다. 그리고 생각을 바꾸는 방법을 모르기 때문에 불안해지면 억지로 나를 안심시키려 하고, 그 생각에 몰입하지만 도리어 역효과만 난다. 그보다 '지금 내가 무엇을 해야 하는지 찾아가는 것'에 몰입해야 한다. 이미 최악은 충분히 경험했으니 이제는 최소한이 되기 위한 행동 방향에 대해 집중하는 게 생산적이다. 이 책은 그 과정을 꼼꼼하고 현실적으로 알려주고 있다. 번역서에 비해서 한국의 상황과 한국인의 입말이나 정서에 맞는 내용을 담고 있는 것이 장점이다.

불안에 대해서 '뇌'에 관한 연구로 접근한 책으로 넘어가보자. 뇌과학을 담고 있는 책은 심리이론에 비해서 가급적 최근에 나온 책이 좋다. 클라우스 베른하르트의 《어느 날 갑자기 공황이 찾아왔다》는 정신분석과 인지치료 이론이 100년 전에 알고 있던 과학에 기반한 것이므로 지금은 그 효용성이 다했다고 주장하는 책이다. 단순한 약물요법의 한계도 과감히 비판한다. 저자는 신경언어프로그래밍(NLP)에서 사용하는 기법과 유사한 방법을 여러 가지 소개한다. 좋은 점은 저자가 스스로 확신을 갖고 위에서 설명한 방법 이외에도 여러 가지 실용적인 기법을 쉽고 구체적으로 소개하고 있다는 것이다. 저자는 도전적으로 자기에게 오면 몇 주 안에 약을 끊을 수 있다고 주장한다. 이 부분은 약간 의심이 가나 저자의 자신감의 표현이라 받아들이자.

이 책에서 가장 눈에 띄는 점은 뇌의 불안 발현 시스템을 설명하는 부분이다. 공포는 생존을 위한 방어기제의 일종이므로 공포를 느낄 수도 있다는 점을 인정하고, 공포가 행복감보다 강하고 빠르며 오래가는 메커니즘을 이해하고 받아들일 필요가 있다는 것을 상세하게 설명한다. 뇌는 위험을 빨리 알아채서 적극적으로 방어해야 생존할 수 있고, 공황과 공포는 뇌가 과잉방어 시스템을 작동한 것이다. 진짜 위험한 상황에 닥친 것이 아닌데도 오작동을 하는 것이 불안 반응이다. 오작동을 해결하는 것은 신경가소성의 관점에서 치료를 통해 충분히 불안 시스템을 안정화하는 것이다. 저자는 이를 위해 재미있는 방법들을 소개한다. '부정어 없이 10개의 문장을 만들기', '불안한 감각을 일으키는 다섯 가지 감각을 찾아내 밀어내는 연습하기'와 같은 간단해 보이나 꽤 효과적인 열 가지 방법을 제안한다. 다 해볼 수 없지만, 내게 맞는 것 한두 가지 정도는 찾아볼 수 있으리라 기대한다.

불안은 우리가 함께 살아가야 할 동반자 같은 것이다. 사나운 개를 한 마리 키운다고 생각해보자. 잘 다스리면 집을 잘 지킬 것이고, 잘못 길들이면 개가 무서워 집 밖에도 나가지 못해 갇혀 살아야 한다. 그런 의미에서 불안에 대한 괜찮은 책은 개를 잘 훈련하는 법을 익히듯 불안을 다루는 괜찮은 책 몇 권 정도 읽어보는 것은 확실히 도움이 된다.

우울증을 이해하기 위해서

필수 감정인 우울함 말고, 병적인 것이 우울증이
다. 우울함과 우울증의 가장 기본적 차이를 꼽자
면 일상 기능이 안 될 정도로 우울함의 깊이가 깊
고 그 길이가 길다는 것이다.

─────────────────── 우울한 기분과 우울증은 비슷한 것 같지만 많이 다르다. 우울증은 마음의 감기라고 말한다. 일종의 메타포다. 감기의 대표적 증상은 기침이다. 기침은 실은 호흡기의 이물질이나 감염원을 뱉어내기 위한 반응이다. 이런 기침 반응처럼 우울함은 마음에 필수적인 감정 반응이다. 우울해져야 불필요한 에너지를 소모하지 않고 나를 보존할 수 있다. 감정을 느끼고 내면을 성찰하고 필요한 죄책감을 갖고 후회와 반성을 한다. 우울, 죄책감을 전혀 못 느끼던 사람이 우울해하고 '내 탓일 수도 있다'라고 여기는 것이 성숙의 조짐이듯이 우울하기 위해서는 감정을 담을 마음의 그릇이 필요하다. 우울이 있는 덕분에 슬퍼하고, 잘못을 안타까워하고, 시간의 흐름을 되돌릴 수 없음을 받아들이고 신중해진다.

필수 감정인 우울함 말고, 병적인 것이 우울증이다. 우울함과 우울증의 가장 기본적 차이를 꼽자면 일상 기능이 안 될 정도로 우울함이 깊고 그 기간이 길다는 것이다. 먹고 자고 집중하고 기본적 사회활동을 할 에너지를 유지하는 생리적 시스템에 이상이 생긴다. 악순환에 빠져서 에너지가 제대로 공급되지 않는다. 조금 처지는 것은 우울증이 아니고, 진짜 우울증 환자들은 정상인은 상상하지 못할 수준의 상태에 빠져 있다. 속 편하게 "의지로 극복해라", "좋은 생각하면 좋아진다",

"나도 우울증 환자인데 혼자 잘 이겨냈다"라고 말하지만, 몰라서 하는 소리다. 이런 사람들에게는 우울증을 제대로 알려주는 책을 권하고 싶다.

첫 번째 책은 《우울할 땐 뇌과학》이다. 우울증을 뇌를 기반으로 해석하고 설명하면서 치료에 대한 비전을 제시한다. 우울증을 연구하는 신경과학자로 UCLA 정신과에서 연구를 하는 앨릭스 코브 박사가 썼다. 원제 'Upward spiral'을 이해하면 이 책의 핵심을 80퍼센트 정도 파악한 것이다. 저자는 우울증이 뇌와 마음이 합작해서 나를 바닥으로 떨어뜨리는 '하강나선(downward spiral)'이라고 설명한다. 우울증에는 세로토닌, 노르에피네프린, 도파민, 옥시토신 등 신경전달물질, 전전두엽, 섬엽, 편도체, 해마, 시상하부, 전방대상피질 등 뇌의 각 부위의 기능 이상에 의해 발생한다. 특정 신경회로들이 우울증 패턴으로 맞춰져서, 그 때문에 스트레스에 대한 대처, 계획 세우기, 나쁜 습관에 빠지기, 의사결정과 같은 일에 총체적인 어려움이 생긴다. 이 패턴이 하강나선에 빠지는 악순환에 들어간다.

우울증의 메커니즘을 이해하고 나서 현명히 대처하면, 다시 상승나선으로 바꾸어 정상으로 복귀할 수 있다고 주장하는 책이다. 호전 방법도 뇌과학에 입각해서 입증된 방법을 제시한다. 스트레스 대처법, 운동, 수면, 습관 바꾸기, 바이오피드백, 관계를 유지해야 할 이유, 심리치료와 항우울제의 치료 효과 근거, 비약물적이고 생물학적 치료인 광치료와 뇌자극기술의 근거를 차근차근 소개한다.

하지만 뭔가 부족한 기분이 든다. 인간을 생물학적 기반으로만 설명하면 뭔가 아쉽다. 이때 두 번째 책이 필요하다. 요한 하리의 《물어봐줘서 고마워요》다. 저자는 의사나 심리학자가 아닌 저널리스트인데, 본인이 십 대 후반부터 오랫동안 우울증을 앓고 10년 넘게 항우울제를 복용해온 환자다. 약물 치료로 증상이 나아지지 않자, 광범위한 자료 조사와 취재를 바탕으로 이 책을 썼다. 한쪽 이론에 경도되지 않았고, 읽기 쉽게 구성된 것이 장점이다.

이 책은 그가 파악한 우울증의 아홉 가지 원인을 문헌 조사와 인터뷰를 통해 연구하여 정리한 내용을 담고 있다. 그가 보는 우울증의 핵심은 단절이다. 원제도 '잃어버린 연결(lost connections)'이다. 저자는 우울증을 인간과 인간, 개인의 사회와 단절에 대한 반응이자 적응의 실패로 해석한다. 여러모로 수긍이 갈 만한 부분이 많지만 임상가로서 모든 걸 동의할 수는 없다. 그럼에도 장점이 훨씬 많은 책이다. 무엇보다 증상으로 '진단-해당하는 약물치료'의 단순한 '질환 모델'이 아닌 삶의 맥락 전체를 조망하는 전체 시스템의 관점, 관계의 관점에서 봐야 우울증을 비로소 제대로 이해한다고 하는 점에 크게 동감한다. 원인과 결과가 단순한 문제가 아니라는 것은 오랜 시간 의사로 활동해온 나 역시 경험적으로 깨닫고 있다.

저자는 일의 의미와 주도권 상실, 고독과 외로움, 사회경제적 어려움, 유년기의 외상기억, 집단 내에서 지위와 존중의 상실, 문명과 도시 생활 같은 자연 경험의 박탈, 안정적이고 나은 미래를 기대할 수 없는 상태, 타고난 유전적인 생물학적 취약성 등 아홉 가지 원인을 설명한다. 이렇게 하고 나니 질환 모델의 기반이 되는 뇌의 생물학적 요인은 9분의 1로 줄어든다. 물론 원인의 스펙트럼이 넓다보니 피해갈 수 있는 사람이 적겠다는 비관론에 빠질 위험은 있다. 또 원인이 여러 가지면 답을 모른다는 회의론도 생긴다.

치료도 약물치료에 국한하지 않고, 외상기억을 바로잡는 정신분석 같은 심리적 치료가 왕도라고 하지도 않는다. 사회적 단절로부터의 복원, 삶의 주도권과 의미 찾기, 사회경제적 여건을 호전시키는 것 등을 복합적으로 함께해야 한다는 것을 분명히 해준다는 면에서 좋은 책이다.

우울증은 내 안의 정상적 감정이 병적으로 양질 전환된 것으로 한 가지로만 설명할 수 없는 복합적 문제의 현상적인 결과물이다. 그러니 발병의 맥락을 잘 파악하고 총체적으로 평가해서 가장 필요한 치료적 노력을 해야 빠른 회복이 가능하다. 우울증을 치료한 지 꽤 오래되었지만 여전히 다루기 어렵고 힘든 이유이기도 하다. 똑같은 증상이라도 똑같은 원인을 가진 우울증 환자는 한 명도 없었다.

정신과도 후기가 필요하다

이런 오해가 벌어지는 이유는 실제 정신과에서 어떤 진료가 일어나는지 알기가 어렵기 때문이다. 우울증이나 불안 같은 정신적인 문제는 육안으로 확연히 알아보기 어렵다.

──────────────── 문턱이 많이 낮아졌다고 하지만 정신과 진료를 받으려면 용기가 필요하다. 기록이 남아서 취업에 불이익이 있고, 보험 가입이 안 된다는 괴담이 정신과를 쉽게 찾기 어려운 곳으로 만든다. 이 자리에서 명확히 얘기하면 의료 기록은 대기업 인사담당자가 볼 수 없는 철저한 개인정보의 영역이고, 보험은 당뇨, 고혈압, 암 등의 신체적 질병과 마찬가지로 적용된다. 기본적으로 보험회사는 지병이 있는 사람을 싫어한다고 보면 된다. 이런 두려움을 뚫고 찾아온 그 마음을 알기에 처음 병원을 와서 내 앞에 앉은 분에게 "어렵게 오셨네요. 용기 있게 오신 것, 감사합니다"라고 말하며 상담을 시작하곤 한다.

사람들은 정신과 진료에 두 가지 오해와 환상을 갖는다. 하나는 프로이트와 정신분석의 영향이다. 긴 소파 같은 카우치에 누워서 자유연상을 하고, 의사는 뒤에 앉아서 조용히 들으면서 무의식을 탐구할 것이라 상상한다. 현대의 정신과는 그렇지 않다. 내과 병원의 진료실처럼 의사가 환자의 차트와 기타 자료를 확인할 수 있는 책상과 컴퓨터가 있고, 그 옆이나 앞에 환자와 상담하고 이야기할 수 있는 환자용 의자가 있다. 다른 과의 진료실보다 상담에 더 집중할 수 있게 조금 더 단정하고 조용한 곳으로 그려보면 적당하다. 물론 정신분석만 전문으로 하는 병원이나 연구소도 있기는 하지만, 매우 적은 수이고 일반적인 정신과 진료를 보러 가는 곳은 아니다.

두 번째 오해는 정신과 의사는 약만 처방하고 상담은 심리상담사가 한다고 보는 극단적 의학모델이다. 상담을 위주로 하는 비의료인 영역에서 퍼진 이야기 같은데, 40~50분씩 상담을 할 수 있는 것은 아니지만 약 처방에 대한 상담만 하는 것도 아니다. 10~20분을 진료하더라도 중요한 핵심만 다룬다면 그 시간도 충분히 길다. TV 뉴스의 한 꼭지는 1분 30초에 불과하지만 그 안에 꽤 많은 정보를 전달할 수 있다는 것을 감안해보자.

이런 오해가 벌어지는 이유는 실제 정신과에서 어떤 진료가 일어나는지 알기가 어렵기 때문이다. 인터넷에는 병증이 확연하게 좋아진 사람이나 여러 가지 이유로 실망한 사람들의 익명의 글만 돌아다닌다. 둘 다 객관적이지 않고 다소 현실과 어긋나 있기 쉽다. 얼굴이나 피부처럼 육안으로도 치료 결과를 알 수 있으면 좋겠지만, 우울증이나 불면증, 불안 같은 정신적인 문제는 한눈에 확연히 알아보기 어렵다. 환자 본인도 치료 전후를 구별하기가 쉽지 않을 때가 많다.

치료하는 입장에서 나 역시 진료를 받고 간 분들이 어떻게 느꼈나 궁금하다. 실망했다는 사람이 있을 때도 있고, 때로는 좋아져서 일상에 복귀한 환자가 친구나 지인을 소개하여 그 소식을 전해 들으면 기분이 좋기도 하다. 그러나 이런 후기들도 실제로 듣기가 너무 어렵기 때문에 정신과와 관련한 후기는 귀하고 소중하다.

우리나라의 현실에서 치료를 받아본 사람이 쓴 책을 만나기란 쉽지 않다. 그나마 문턱이 낮아지면서 책으로 발간되기 시작했다. 첫 번째 책은 전지현의 《정신과는 후기를 남기지 않는다》다. 우연히 인터넷 서평을 하다가 발견했는데, 8년 동안 일곱 명의 정신과 의사를 만나면서 느끼고 경험한 것을 일기 형식의 후기로 쓴 책이다. 170페이지 남짓의 아주 얇은 책으로 처음 독립출판물로 출간됐다가 입소문이 나면서 정식으로 재출간됐다. 이 책에는 다양한 유형의 정신과 의사가 등장한다. 대화나 위로는커녕 권위적으로 다그치거나 꾸짖기만 하는 의사, 부작용이 있더라도 견뎌야 한다면서 뭐라도 걸리라는 마음으로 다양한 종류의 약 폭탄을 날리는 의사, "어차피 낫는 병 아니에요"라고 부정적으로 선언하는, 자기보다 더 우울해 보이는 의사까지 각양각색이다. 이 책을 읽으면서 가슴이 뜨끔하기도 하고, 뭐 저런 의사가 있어, 하고 혀를 끌끌 차기도 했다.

정신과 의사에 대한 환상을 깨고 현실을 제대로 보게

하는 준비 운동으로는 충분히 손색없는 책이다. 조언을 하자면 세상에는 이렇게 여러 가지 유형의 의사가 있으니, 병원을 다니기 시작해서 4~5회 정도 방문했는데 뭔가 맞지 않는 것 같다면 병원을 바꿔보는 것을 권하고 싶다. 내가 일하는 병원에는 네 명의 교수가 있다. 가급적 한 번 인연을 맺은 교수에게 진료 보기를 권하고, 처음에 증상이나 연령에 맞춰서 배정이 된다. 그렇지만 잘 낫지 않거나 뭔가 삐걱거릴 때에는 환자가 혹은 의사가 먼저 진료의를 바꿔보자고 권하기도 한다. 이런 변화가 새로운 모멘텀을 줘서 난항에 빠진 환자가 확 좋아지는 걸 볼 때가 있다. 오래 마주하다 보니 안 보이던 문제점이 다른 눈으로는 보이고, 의사와 환자 사이의 궁합의 차이도 영향을 미친 셈이다. 의리보다 실리가 중요한 법이다.

환자의 후기로 베스트셀러가 된 책은 백세희 작가의 《죽고 싶지만 떡볶이는 먹고 싶어》다. 앞서도 언급했지만 이 책은 출판사 직원으로 일하면서 기분부전증을 오래 앓아온 저자가 병원을 다니면서 정신과 주치의와 나눈 상담 내용을 담은 책이다. 진료실에서 상담하다 보면, 기분부전증이 있는 사람들은 나름 억울할 때가 많다고 짐작한다. 환자 본인은 사는 게 힘들고 우울한데, 감정의 기복이 급격히 이루어지기 때문에 주변에서는 가식적이거나 과장한다고 오해한다. 증상도 오래 지속되다 보니 원래 성격 탓으로 돌리고 치료받을 엄두도 내지 못한다. 작가는 이런 기분부전증의 증상을 세밀하게 묘사해서 독자들에게 증상이 어떻게 힘든지를 보여주고 공감대를 만들어준다. 특히 이 책의 제목 '죽고 싶지만 떡볶이는 먹고 싶어'는 우울감의 세계에 빠져 있는 사람의 감정을 직관적으로 보여주는 것으로, 제목만으로도 책의 핵심을 관통하는 느낌이다.

덕분에 보기 힘든 정신과 진료의 한 과정을 그대로 볼 수 있었는데, 이를 통해 오해, 편견, 두려움의 삼중 문턱을 가진 정신과 진료에 대한 부담을 확 낮출 수 있는 계기가 되었을 것이다. 개인적으로 책 자체는 솔직해서 좋았지만, 상담 내용을 녹음한 후 텍스트로 풀어서 만든 책이라는 점에 약간 놀라기는 했다. 상담 내용을 녹음하면 상담을 하는 의사 입장에서는 말을 하는 것이 조심스러워지고 자체 검열을 할 수밖에 없다. 물론 책을 내기 전에 미리 논의를 했겠지만 말이다.

문학적 스타일로 우울증을 직접 경험한 이의 마음속을 그린 책은 이제 고전이라고 할 수 있는 《보이는 어둠》이다. 유명작가이기도 한 저자 윌리엄 스타이런은 1985년 어느 날, "시골 동네 전화국이 홍수에 잠겨드는 것처럼" 침몰한다. 우울, 상실, 절망감이 흐릿하게 점멸하다 꺼져버리는 전구같이 왔다가 사라지면서 에너지도 송두리째 사라지며 작가는 가라앉았다. 항우울제인 프로작이 발매되기 전이라 효과적인 우울증 치료를 하기 어렵던 시절이었기에 우울증의 기간은 더 길고 고통스러울 수밖에 없었다. 그러나 역시 작가로서 스타이런은 특유의 문학적 문체로 내면을 성찰하며 우울증의 늪을 빠져나온 이야기를 한다.

이 정도의 후기를 읽으면 정신과로 들어오는 문턱은 더 낮아지지 않을까? 물건을 사거나 식당을 가기 전에 블로그의 후기를 읽는 것이 관행이 되었듯 말이다. 무엇이든 먼저 알고 나면 두려움은 줄어들고 시도해볼 용기가 생길 것이다. 우울과 불안, 마음이 힘든 이유가 뭔지 몰라 상담이나 치료실의 문을 두드리기 힘들었던 분들이라면 한번 이 책들을 읽어보기를 바란다.

믿고 선택하는 심리서 전문 출판사

이렇게 길을 모르고 헤맬 때 나침반 역할을 해주는 것이 출판사의 역할이다. 어쩌다 한 권을 낸 출판사보다 꾸준히 그 분야 책을 낸 출판사의 안목이야말로 초심자가 의지할 수 있는 가이드다.

───────────── 인간의 심리를 다룬 책을 읽고
싶은데 뭐부터 읽을지 모르겠다면, 출판사를 살펴보는 것도
좋은 방법이다. 서점에 가면 심리학 책만 따로 모아놓고 있지
만 신간이나 베스트셀러 위주라 어디서부터 뭘 읽어야 할지
모르겠다. 인터넷 서점에 들어가서 카테고리를 봐도 감을 잡
기 어렵다. 무작정 프로이트 같은 대가의 저작을 읽거나 교과
서급 심리학 개론 같은 책을 집어들 수 없다. 이렇게 길을 모
르고 헤맬 때 나침반 역할을 해주는 것이 출판사의 역할이다.
심리책을 주로 내는 출판사의 책이라면 퀄리티나 셀렉션 면에
서 모두 신뢰할 수 있다. 어쩌다 한 권을 낸 출판사보다 꾸준
히 그 분야 책을 낸 출판사의 안목이야말로 초심자가 의지할
수 있는 가이드다.

　　가장 방대한 아카이브를 갖고 있는 출판사는 학지사다.
심리학, 정신의학, 보건 관련 서적을 주로 내는 곳으로 검색을
해보니 5000권 넘게 출간했다. 대학에서 사용하는 교과서, 임
상심리 영역에서 사용하는 심리검사 도구와 매뉴얼북, 검사에
대한 해설서가 나오는 등 분야의 스펙트럼이 넓을 뿐 아니라,
학문적 깊이도 천차만별이다. 이론만 다룬 전문적인 서적부
터 교수나 연구자가 개인적으로 쓴 책, 좁은 분야의 번역서까
지 있어서 제목만 봐서는 어느 정도 수준인지 알기 어렵다. 한

번 들어가면 길을 잃기 딱 좋은 방대한 출간 리스트지만 그중에서도 '이런 책도 내주시다니 감사합니다'라며 읽었던 책들을 골라보았다.

샌디에이고 정신분석연구소의 캘빈 칼러루소의 《정신분석적 발달이론》는 제목 그대로 정신분석적 발달이론을 쉽고 명료하게 설명하고 있다. 현대 정신분석가인 칼러루소는 성인기의 심리 발달을 다루며 특히 중년기 이후의 발달은 자식과 생존한 부모와의 관계에서 새로운 분리-개별화를 필요로 한다는 이론을 제시했다. 18세까지였던 프로이트의 발달이론, 성인기 이후의 발달을 제시한 에릭 에릭슨의 사회심리학적 발달이론에 더해 3차 분리-개별화로 발달이론을 다시 한번 확장한 것으로 길어진 생애주기에서 중년기 심리를 이해하는 데 큰 도움이 된다. 정신분석적 관점의 심리 발달을 딱 한 권으로 공부하고 싶다면 주저 없이 권하는 책이다.

정신분석적 정신치료에 대한 책도 엄청나게 많다. 그러나 조금 어렵더라도 처음에는 다소 교과서적으로 명확히 규정해주는 가이드가 필요하다. 여기에 딱 맞는 책이 있다. 낸시 맥윌리엄스가 쓴 《정신분석적 진단》과 《정신분석적 심리치료》다. 두 책 모두 번역의 질도 좋을 뿐 아니라 환자의 사례가 풍부하고, 실제 초심 정신치료자를 지도 감독하면서 경험한 많은 부

분을 체계적으로 제시하고 있다. 《정신분석적 진단》은 성격구
조를 이해하고 진단적 평가를 하는 데 유용하고, 《정신분석적
심리치료》는 치료를 하는 과정을 아주 세심하고 친절하게 설
명한다. 책장에 꽂아놓고 들춰보면서, 전공의 정신치료 지도감
독을 할 때 함께 읽는 책이기도 하다.

학지사의 책을 만나는 쉬운 방법은 이메일로 신간 리
스트를 받는 것이다. 신간이 워낙 많이 나오니 정기적으로 메
일을 받다가 관심 가는 책을 고르는 게 제일 확실하다. 그리고
이 리스트를 보다 보면 심리학과 정신의학의 흐름이 눈에 보인
다는 장점도 있다.

이제 약간 욕심을 내보자. 정신분석으로 깊게 들어간
책만 펴내는 출판사를 눈여겨보는 것이다. NUN 출판그룹이
다. 프랑스에서 정신분석학으로 박사 과정을 마친 출판사 대
표가 정신분석 서적을 혼자 번역해서 출간까지 한 1인 출판사
로 시작한 곳이다. 언어와 이론을 모두 갖춘 이의 번역으로 한
국에서 쉽게 구하기 어려운 원서를 출판한 것이니 믿음이 간
다. 이후에 나온 책들도 믿을 만한 정신분석을 공부하는 전문
가나 정신과 의사들의 참여로 번역한 것들이 꽤 있다. 학지사
보다 한 분야에만 집중하는 출판사라는 점이 큰 장점이지만,
정신분석에 대한 기본적 이해가 없는 초심자가 보기에는 어

려운 책도 많다는 함정이 있다. 그렇지만 대중서나 기본적 이론을 다룬 책으로는 만족이 안 되는 사람에게는 숨겨진 보석함이다.

정신분석은 프로이트의 고전적 정동–외상이론에 머물러 있지 않다. 생전에 자아심리학이 자리 잡았고, 지금도 메인스트림이다. 그 외에 멜라니 클라인의 대상관계 이론, 하인즈 코헛의 자기심리학, 피터 포나기의 정신화(mentalization) 이론 등이 지난 100년간 등장했다. NUN의 책들은 본류에서 가지를 친 이러한 이론들을 설명하는 필독서들이 잘 구비되어 있다.

우선 대상관계 이론의 초창기이자 소아정신분석가 도널드 위니코트의 전작을 담은 《리딩 위니코트》, 멜라니 클라인의 이론을 정리한 《현대적 관점의 클라인 정신분석》을 추천한다. 하인즈 코헛에 대해 알고 싶다면 《자기심리학과 나르시시즘의 치료》나 《자기심리학에 따른 정신치료》가 도움이 된다. 피터 포나기의 애착과 정신화에 대해 궁금하면 《정신화 중심의 경계성 인격장애의 치료》를 고르면 된다. 21세기에 빠른 속도로 발달한 뇌과학의 발견들과 20세기 초반의 혁신인 정신분석의 접점이 궁금하면 《정신치료와 임상적 직관》이 좋다.

이렇게까지 깊이 있는 책을 볼 정도로 심리에 관심이 있는 건 아니라면? 그때의 대안은 출판 브랜드 '심심'이다. 꽤 재미있는 심리 관련 대중 서적을 꾸준히 내고 있어서 주목하고 있다. 아주 쉬운 에세이급의 책은 아니고, 그렇다고 좁고 깊은 전문 서적은 아닌 책을 잘 골라서 내는데 미디어나 평단의 평가도 좋고, 대중적 반응도 나쁘지 않다. 한마디로 타석에 서면 안타를 잘 치는 타율이 좋은 출판사다.

이곳의 출간 리스트 중에서 인상적인 책은 어린 시절이 트라우마가 성인기의 정신질환뿐 아니라 자가면역, 심장병, 편두통 등으로 이어지는 메커니즘을 다양한 연구를 바탕으로 입증한《불행은 어떻게 질병으로 이어지는가》다. 취약한 시기에 경험한 불행한 사건은 스트레스 조절장치를 망가뜨려 과활성화 시켜 신경계뿐 아니라 면역계, 호르몬계에도 부정적 영향을 미치게 된다는 것을 잘 설명한 책이다.

이 외에도 아들 두 명이 모두 조현병에 걸린 저널리스트가 쓴《내 아들은 조현병입니다》나, 불안을 후성유전학적 관점에서 해석한《남보다 더 불안한 사람들》, 사회심리학의 주요 쟁점을 다룬《사람일까 상황일까》등도 추천하는 책들이다.

좋아하는 저자의 모든 책을 찾아 읽는 전작주의자처럼, 신뢰할 만한 출판사를 선별해서 신간을 확인하고 읽어보며 응원하는 것도 주제별 맥을 짚어내는 좋은 방법이다. 이건 심리서에만 국한된 것이 아니다. 추리, SF, 정치, 건축, 미술 등의 분야에서도 심지 곧은 출판사의 출간 리스트를 보는 것만으로도 그 분야의 흐름을 파악할 수 있다. 처음 접하는 영역을 제대로 읽어보고 싶은데 어디서부터 읽어야 할지 난감할 때, 좋은 방법 중 하나가 이렇게 전문 브랜드나 출판사의 리스트를 보는 것으로 실패 확률을 확실히 줄여주는 길이다.

괜찮은 어른에 대한 그림을 그려보려면

역시 책에서 답을 찾아야 한다. 나보다 훨씬 더 많이 산 사람들 중에서 '꼰대가 아닌 괜찮은 어른'에게서 배워야 한다.

─────────── 어느새 나도 이미 나이가 꽤 든 어른이 되었다. 후배나 제자들에 대한 내 열린 태도나 상대에 대한 호의와 상관없이 그들에게 나는 무척 어려운 존재인 것 같다. 내 지나가는 한마디, 슬쩍 지었던 표정에 긴장하는 전공의들의 태도가 느껴질 때마다, 당황스럽기도 하고 억울하기도 하지만 이제 받아들여야 할 것 같다. 나 혼자 오픈 마인드라고 생각하며 친근하게 대하고 있다고 착각해온 것이다. 어떤 경우에는 가까워지려는 시도도 원치 않는 침범이 되기에 상대적으로 약자일 수밖에 없는 전공의들에게는 무시하기 힘든 위력으로 작용하고 있었던 것이다.

　그렇다면 나는 그런가 보다 하고 살아야 할까? 역시 책에서 답을 찾아야 한다. 나보다 훨씬 더 많이 산 사람들 중에서 '꼰대가 아닌 괜찮은 어른'에게서 배워야 한다. 꼰대가 되는 것은 순간이다. 나이가 들수록 '나 그냥 이렇게 살다가 죽을래'라는 마음은 강해진다. 전두엽의 자연스러운 노화는 인지유연성을 떨어뜨린다. 어린 시절에서 청년까지는 성장과 발달이 중요하다. 정점을 찍고 난 다음부터는 성숙이 우선이 되어야 한다. 노화에 맞서 싸우면서 몸에 좋다는 걸 먹는 것, 머리카락을 심는 것, 피부과 시술을 받는 것은 부질없는 투쟁이다. 이제는 더 깊고, 두텁고, 유연하게, 세상을 받아들이고 반응할 줄 아는 성숙함이 목표가 되어야 한다. 잘 살아온 사람들의 말을 들어보자.

김지수 기자의 《자기 인생의 철학자들》을 펴든다. 세상을 참 살아왔다고 누구나 인정할 만한 사람들이 '내가 한 70년 살아보니 삶이란 이런 거 같다'라며 자기 경험을 나눈 인터뷰집이다. 윤여정, 노라노, 최재천, 이순재, 강상중, 정경화, 하라 켄야, 김형석 등 평균 연령 72세의 어른들의 이야기를 듣다 보면 괜찮은 어른에 대한 상(像)이 잡힌다.

배우 윤여정은 〈윤식당〉과 같은 예능을 통해 일흔이 넘은 나이에도 젊은이들의 사랑을 받는 비결에 대해 "난 내가 너무 어른스럽지 못하다는 걸 너무 잘 알아. 그래도 노력은 해요. 애들처럼 똑같이 욕심 안 내고, 밥값은 내가 내고. 뭐 대단한 어른은 못 돼요"라고 답한다. 자신도 처음으로 일흔두 살을 살고 있기 때문에 매일이 새롭고 처음이라 실수하고 성질을 낸다고 한다. 그리고 어쩔 수 없는 일이라고 받아들이며 그런 과정을 거치며 더욱 성숙하기를 바란다고 한다.

90세의 현역 디자이너 노라노의 조언도 경청할 만하다. 인생은 잃는 것과 얻는 것이 공평하다는 걸 100년 가까이 살면서 깨달았다는 그는, "딱 자기 생긴 것만큼 사니 가진 것 이상을 하려 들면 스트레스만 받지 더 잘되지 않는다"고 경고한다. 일을 해야 행복하고 무용지물로 살면 자기 가치를 잃어버린다고 하면서도, 젊은이들에게는 10퍼센트 정도 여유를 두고 일을 하라 말한다. 100퍼센트 넘게 하려고 애쓰면 자칫 넘어지거나 타버린다고. 이것이 지치지 않고 여전히 90세의 현역으로 일을 하는 핵심 비결이었다.

《어른의 의무》라는 책은 만화가 야마다 레이지가 자기가 좋아하는 존경할 만한 선배들을 만나 인터뷰해서 얻은 통찰을 전달한다. 이 책에서 존경할 만한 괜찮은 어른들의 특징으로 '불평하지 않는다', '잘난 척하지 않는다', '기분 좋은 상태를 유지한다'를 꼽았다. 존경을 받고 싶다면 본인 태도와 행동부터 바꿔야 한다는 것이다. 젊은 사람들을 붙잡아놓고 하는 말이 혹시 세상에 대한 이유 없는 불평불만은 아닌지, 감정의 배설은 아닌지 고민해보라고 조언한다. "나의 자랑은 삼가고, 상대방이 자랑할 수 있게 해주는" 것이 연장자의 기본 자세다. 더 가르쳐주려고 애쓰지 말고, 그들이 만나서 내 말을 가만히 들어주면 감사히 여겨야 한다. 세상에 불평불만과 화로 가득 차 있으면 안 된다. 최대한 기분 좋은 상태로 유지를 하려고 애를 써야 한다. 나이가 들수록 후회와 자책이 감정의 기조가 되기 쉽다. 감정의 균형을 위해서, 최소한 남을 만날 때라도 기분 좋은 상태로 있으려 노력해야 한다. 감정은 위에서 아래로 자연스럽게 흘러내려가고 전염성이 강하다. 내 의도와 상관없이 기분 나쁜 상태는 타인에게 빠르게 전염된다. 세 가지만 지키면 괜찮은 사람까지는 못 되어도, 또 만나고 싶은 어른 혹은 꼰대는 아닌 사람으로 인식될 수 있다.

기분 좋은 마음으로 꽤 괜찮게 살아온 사람이 자신만의 방법을 알려주는 책도 있다. 롱아일랜드 대학 문예창작과 교수인 로저 로젠블라트의 《유쾌하게 나이 드는 법 58》이다. 살다 보면 어쩔 수 없이 부딪치는 문제들을 어렵고 복잡하게 풀지 않는다. 살아오면서 느낀 지혜, 나이 들면서 충돌 없이, 괜한 마음의 불편 없이 유쾌하게 살아갈 수 있는 법을 2~3페이지에 툭툭 던진다. '나쁜 일은 그냥 흘러가게 내버려두라', '서른이 넘었으면 자기 인생을 부모 탓으로 돌리지 마라', '당신을 지겹게 하는 사람은 바로 당신이다', '자신이 잘하지 못하는 분야를 파고들지 마라', '단결과 조화, 사랑, 휴머니티와 같이 거창하기 짝이 없는 말들이 들리면 당장 도망가라', '자기반성은 적당하게 해야 오래 산다' 등등. 무심한 듯 한마디 하는 데 생각해볼 만한 것들이 많다. 목표가 '위대한 인간', '존경받는 선생님'이 아니라 그저 '유쾌하게 나이 드는 법'이니 더욱 좋다.

나도 시간이 지나 노인이 되면 심리적으로 독립해 살면서, 사회적 관계를 잘 가꾸고, 유쾌하고 기분 좋은 상태를 유지

하려고 노력하는 모습으로 살고 싶다. 책에서 답을 찾고, 길을 발견하면 나도 20년 후에 누군가에게 '꼰대는 아닌 어른', '만나고 싶은 어른' 정도는 되어 있지 않을까. 그런 기대를 해보며 괜찮은 길을 걸어간 어른들의 말을 들려주는 책을 찾는다. 앞으로 어떻게 살아야 할지 그림이 그려지지 않고, 잘 나이 들고 싶은 마음을 가진 사람이라면 이 책들을 읽어보았으면 한다.

일과 덕질의 균형

일과 삶 사이의 경계가 필요하고, 둘 사이의 균형
을 잡는 것이 일을 위해서도, 삶을 위해서도 필요
하다. 일이 아닌 영역에서 내가 재미있는 것, 가급
적 '쓸데없는 짓 같아 보이는 것'일수록 더 몰입의
가치가 올라간다.

─────────────────── 좋아하는 것이 일이 되면 행복할
까? 하고 싶은 일이 직업이 되면 일하는 것이 즐거워질까? 아
쉽게도 취미가 일이 되는 순간 의무와 업(業)의 무게로 재미는
그때부터 반비례해서 줄어든다. 책을 좋아한다는 이유로 서점
을 운영하거나 출판사에 취직을 한다고 하자. 하지만 그 일에
따른 여러 가지 잡무를 처리하느라 막상 자기가 좋아하는 책
은 읽을 시간이 없다. 술을 좋아해서 술집을 시작했다고 하자.
그러나 손님을 상대해야 하는 사장은 취하면 안 되고, 매일 같
은 술집에만 가야 하니 정작 즐겁게 술을 마실 수는 없다. 밥
벌이는 밥벌이의 어쩔 수 없는 아픔이 있는 것이다.

　　그러므로 일과 삶 사이의 경계가 필요하고, 둘 사이의
균형을 잡는 것이 일을 위해서도, 삶을 위해서도 필요하다. 일
이 아닌 영역에서 내가 재미있는 것, 가급적 '쓸데없는 짓 같아
보이는 것'일수록, 남들이 흉보는 것일수록 더 몰입의 가치가
올라간다. 이것이 밥벌이가 될 수 없다는 한계가 끌림을 강화
한다. 신기한 것은 '쓸데없어 보이는 일'일수록 더 괜찮아 보인
다. 하지 말라고 하면 더 하고 싶은 게 사람의 마음이다. 하지
만 재미는 재미의 영역에 남겨두는 게 좋은 것 같다. 재미있어
하는 일을 생업으로 돌리는 일은 자칫 황금알을 낳는 거위의
배를 가르는 일이 될 수 있다. 즐거움은 즐거움의 영역에 남겨

뒤야, 밥벌이도 잘 유지되는 역설이라 생각한다.

이게 어떻게 가능할지 의문을 가지는 사람들에게 권하고 싶은 책이 있다. 먼저 26년차 피아노 조율사로 밥벌이를 하고 있는 조영권의 《중국집》이다. 피아노에 관한 책이 아니라, 전국의 중국집 방문기를 담았다. 인천의 한 백화점에서 피아노를 판매하는 저자는 평일에 전국을 돌며 피아노를 배달하고 오래된 피아노를 조율한다. 낯선 사람을 만나러 전국 방방곡곡을 다닌다는 것은 쉬운 일이 아니다. 그럼에도 이 일을 하는 이유는 일이 끝난 다음 분명한 보상이 있기 때문인데, 바로 중식 노포를 방문하는 것이다.

이 책에는 그가 가본 38곳의 전국의 중국집이 소개되는데 만화와 글이 섞여 있고, 직접 찍은 식당과 음식 사진이 팔보채같이 잘 어우러져 있다. 짜장면, 짬뽕, 볶음밥 등 친근한 음식들을 소개하는데, 디테일을 살펴보는 재미가 있다. 예를 들면, 볶음밥에 올리는 달걀의 모양새가 지방마다 다른데, 인천과 부산은 달걀프라이, 전라도는 오므라이스처럼 달걀을 풀어 부친 후 밥 위에 얹고, 서울 지역은 달걀을 볶음밥을 할 때 함께 어우러지게 나온다는 미시적 차이까지 알게 된다. 일과 취미의 경계가 확실하지만 한편으로는 전국을 돌아다니는 일에 맞춰진 취미라는 점에서 절묘한 공생 관계라고 할 수 있다.

사람이니 일하러 가기 싫은 날은 있기 마련이다. 그럴 때 일이 끝난 후의 짜장면이라는 작은 보상은 일하러 가기 싫은 날을 넘어가게 하는 마음의 지렛대가 된다.

다음은 현직 기자인 조승원의 《하루키를 읽다가 술집으로》다. 제목 그대로 무라카미 하루키의 소설과 에세이에 나온 술을 망라하며, 작품 속에서의 의미, 함께 들으면 좋은 음악, 그리고 술의 역사와 제조법까지 술에 관한 모든 것을 다룬다. 전작 《열정적 위로, 우아한 탐닉》에서 팝 음악과 아티스트, 그들이 사랑한 술 이야기를 다룬 것을 보면, 그의 즐거움은 확실히 무라카미 하루키, 술, 그리고 음악이라는 것을 금세 눈치 챌 수 있다. 저널리스트로서 고단하고 신경을 날카롭게 벼리는 삶을 살면서, 피폐해질 수 있었던 그의 영혼을 구한 것은 아마도 이 세 가지였을 것이다. 이 책을 쓰기 위해 작가는 하루키의 전작 90권, 비평서 12권, 술 관련 도서 35권을 참고했다고 하니, 덕질이라면 이 정도 깊이는 파고들어야 제격이다.

꼼꼼하게 하루키의 모든 저작물을 뒤져서 기본 데이터베이스를 만든 후, 술을 종류별로 맥주, 와인, 위스키 등으로 재분류했다. 맥주 챕터를 보자. 하루키가 실제 마시는 맥주의 종류, 소설의 주인공들이 가장 많이 마시는 브랜드는 무엇이고, 주로 어떤 상황에 마시는지 찾아내서 그 빈도를 서술했다. 그 사이에 소설이나 에세이의 해당 장면이 등장한다. 여기에 맥주, 와인, 위스키에 대한 정보가 첨가된다. 그냥 책만 찾아본 게 아니다. 후반부에는 하루키의 소설 《노르웨이의 숲》에서 미도리가 취했던 장소이자 실제로 운영되는 재즈바 'DUG'를 찾아가 사장과 인터뷰를 하고, 하루키가 젊은 시절 운영한 재즈바 '피터 캣'이 있던 장소를 찾아간다. 덕분에 하루키를 좋아하는 나도 궁금했던 공간을 간접적으로나마 방문해보는 호사를 누릴 수 있었다. 밥벌이가 지겹고 힘들 때, '집에 가면 내게는 하루키와 술과 음악이 있다'라는 마음으로 버티었을 작가의 마음이 고스란히 느껴지는 책이다.

《중국집》과 《하루키를 읽다가 술집으로》의 저자들은 모두 오랜 시간 일을 하면서 이미 '프로페셔널'의 위치가 된 사람들이다. 이들이 자신의 직업적 DNA를 간직한 채 동시에 좋아하는 것에 대해 깊이 파고들어감으로써 일종의 '덕업일치'의 결정체를 보여준다. 지치지 않고 오랫동안 일을 하는 비결도, 이렇게 숨통을 트여주는 취미를 자신의 삶에 적절하게 안배했기 때문일 것이다.

지금 하는 일에서 권태를 느끼는 사람이라면 이들같이 소소한 즐거움을 만들어보았으면 한다. 지루함과 무기력함으로 꽉 찬 일상에 작은 공기구멍이 생긴다. 기왕이면 "그런 건 어디에 쓰려고?"란 말에 답을 할 수 없는 쓸데없어 보이는 일일수록 더 좋다. 뭘 해보고는 싶은데 어디서부터 시작할지 막막한 사람이라면 이 두 권의 책을 먼저 읽어보았으면 한다.

쓴소리가 필요한 순간

몸에 좋은 소리를 하는 책만 보기보다 가끔 정신
번쩍 들게 쓴소리를 하되, 인생 멘토에게 설득되는
기분이 드는 책을 가끔 섭취해줘야 한다. 약하게
만든 독소를 주사해서 면역력을 높여주는 예방접
종과 같은 이치다.

—————————————— 경험이 많은 사람일수록 지적할 일이 있더라도 듣기 좋은 소리를 하고 입을 닫는다. 괜히 쓴소리했다가 욕만 먹기 쉽고, 쓴소리라고 애써 했지만 결국 잔소리가 되어버린다. 그러니 듣기 좋은 소리나 하게 된다.

몇 년 전부터 공감과 위로의 말을 던져주는 책들이 많이 나온다. 그런 종류의 책들을 보다 보니, 좋은 말들이 모두 그게 그거 같고 밍밍하고 심심하게 느껴졌다. 사실 모든 사람들은 선을 넘고 싶은 반항적 마음을 갖고 있고, 그래야만 세상이 더 재미있어지기도 한다. 모두가 오른쪽을 향하는 게 옳다고 할 때, 왼쪽으로 가는 사람이 있어야 균형이 유지되는 법이다. 이런 맥락에서 몸에 좋은 소리를 하는 책만 보기보다 가끔 정신 번쩍 들게 쓴소리를 하되, 인생 멘토에게 설득되는 기분이 드는 책을 가끔 섭취해줘야 한다. 약하게 만든 독소를 주사해서 면역력을 높여주는 예방접종과 같은 이치다.

먼저 권하고 싶은 책은 영화평론가 김봉석의 《1화뿐일지 몰라도 아직 끝은 아니야》다. 그는 비디오 가게 창업도 해보고, 15년 이상의 직장 생활을 하면서 여러 번 입사와 퇴사를 반복했고, 세칭 블랙기업에도 다녀보았다. 불안정한 프리랜서로 일을 해본 경험도 많다. 그가 만화의 대사를 키워드로 일에 대한 이야기를 한 책이다. 40대를 넘어선 선배가 이제 갓 사회에 나온 후배들에게 하는 조언이되, 따뜻하기보다 냉정하게 세상의 험악함을 미리 알려준다. 어른으로, 또 1인분의 몫을 하며 살아가는 것은 결코 만만치 않은 일이고, 직장을 다니건 프리랜서로 다니건 무엇 하나 쉽지 않다. 월급을 받는 것도, 자유를 얻는 것도 다 선택이며 옳고 그름의 이슈가 아니다. 선택의 책임은 개인에게 있는 것이라는 걸 명심해야 한다.

이 책에는 저자가 별의별 일을 다 겪으며 터득한 인생 노하우가 대방출되어 있다. 상대가 너무 강한 경우 부질없는 싸움을 하지 말라고 조언한다. 기다리면서 힘을 길러야 하고, 복수를 다짐하되 말끔하게 잊으라 한다. 그러다 언젠가 외나무다리에서 만나는 절호의 찬스에 주저 없이 한칼에 베어야 한다. 복수의 일념에만 몰두한 채 에너지와 시간을 소모하는 것은 바보다. 스스로 잊을 수 있을 정도로 복수의 마음은 차갑게 식혀야 한다. 저자는 살아가면서 깨달은 것을 덤덤하게 말한다. 행운을 바라지만 인생은 늘 뜻대로 되지 않고, 어떤 일이 벌어지면 그럴 수도 있겠다 조바심내지 말며 지켜보기를 권한다. 그러면 화를 덜 내게 되고 후회할 일이 덜 생긴다는 것이다.

엄마가 다친 아이를 안아주면서 상처를 어루만져주는 타입의 책이 아니다. 옆에 앉아 담배 한 대 피우면서 눈물을 그치고 혼자 일어나기를 기다리는 여기저기 흉터 난 아저씨의 모습 같다. 무심하게 툭툭 던지지만 나중에 집에 와서 생각나는 말을 하는 선배가 떠오른다. 쓴소리를 삼가는 요새, 책에서라도 이런 선배를 만날 수 있는 건 다행이다.

이 책이 개인적 차원에서 세상을 바라보는 관점, 일과 사회에서 생존하는 법에 대해 구체적 이야기를 하고 있다면 소설가 마루야마 겐지의 한마디는 무서운 할아버지의 일갈같다. 음식으로 치면 불닭발 정도의 얼얼함이다. 사진만 봐도 깐깐하고 강직해 보이는 인상이다. 20대 중반에 아쿠타카와상을 받으며 소설가로 화려하게 데뷔하지만, 2년 후 도쿄의 문단을 떠나 고향 나가노현으로 이주한다. 이후 70대인 지금까지도 문단과 교류하지 않고, 문학상을 거부한 채 경제적, 문학적, 심리적으로 독립성을 유지하며 글을 써오고 있다. 그의 소설도 재미있지만, 그가 세상에 대해 크게 꾸짖는 에세이를 읽어보면 정신이 번쩍 든다.

그중 하나가 《인생 따위 엿이나 먹어라》다. 이 책에는 청년들이 한번쯤 숙고해보면 좋을 듯한 내용이 많은데, 특히 유교적인 '효(孝)'의 시각으로만 바라보는 부모 자식 관계에 대해서 완전히 다른 시각을 제공한다. 부모가 무조건적인 사랑으로 자식을 키우면, 자식은 그 후에 효도로 되갚는 것이 우리의 사고체계 안에서는 기본이다. 그러나 마루야마 겐지는 부모도 역시 이기적인 사람일 뿐이며, 별 생각 없이 아이를 낳았을 수도 있고 자신의 노후를 위해 자식을 낳은 것일 수도 있다는 뼈아픈 진실을 지적한다. 부모의 사랑에 거짓이 없다고 믿는 것은 부모 자신이고, 긴밀한 부모 자식 관계는 결과적으로 서로의 성장을 방해한다. 그러므로 가정이 추악한 꼴로 붕괴되기 전에, 가족은 아름다운 꼴로 해산해야만 한다는 것이다.

많은 청년들이 좋은 직장에 들어가는 것을 인생의 중요한 목표로 삼고 있는 현상에 대해서도 시원하게 쓴소리를 던진다. 남에게 고용되는 처지를 선택하는 것은 자유의 9할을 스스로 방기하는 일이고, 인생 전부를 남에게 빼앗기는 것이다. 처음부터 인생의 모든 것을 바칠 작정으로, 다른 친구들도 모두 그렇게 하고 있다는 이유로 직장인이 되는 것은 그야말로 어리석음과 안이함의 극치라고밖에 달리 표현할 말이 없다고 말이다.

세상은 언젠가는 잘 돌아갈 것이고, 결국은 모두가 행복해질 것이라고 의심 없이 믿는다. 서로를 도와야 하고, 이타적인 삶을 살아야 하고, 가족은 평안해야 하며, 국가를 위해 개인은 희생할 수 있고, 국가는 결국 나를 지켜줄 것이라 믿는 것도 우리가 당연하다고 여기는 도덕과 윤리의식, 가치관이다. 무조건적 믿음은 분명히 고민을 줄여주는 효과가 있지만, 균형 감각을 위해서는 가끔 이들의 한마디를 들춰보는 것도 필요하다. 당연하다고 여겨 무심해질 때 위험은 가까이 온다. 그 위험은 예고 없이 A급 태풍이 밀려와서 수확 직전 과수원의 사과를 다 흔들어 떨어뜨리듯 멘탈을 흔들어버릴 수 있다. 이 정도까지 살다 보니 어릴 때 주입받는 이상적인 세상에 대한 순진한 믿음을 유지하다가, 큰일을 겪고 난 후 정신적으로 한 번에 무너져버리는 사례를 보게 된다. 당연한 것이 당연하지 않을 수도 있다는 걸 잊지 않아야 살아남을 수 있다.

서점을 둘러보면 아픈 마음과 힘든 세상에 지친 사람을 어루만져주는 책은 많지만 따끔하게 듣기 싫어도 알아둬야 할 이야기를 해주는 책은 찾기 힘들다. 중·고교 시절을 돌이켜보면 기억나는 선생님이나 선배 중에 이런 사람들 한 명은 꼭 떠오르지만, 좋은 말만 해주던 사람은 이상하게 잘 떠오르지 않는다. 그때는 싫었지만 분명히 영향을 준 것이다. 책도 그렇다. 삶의 긴장을 유지하기 위해서는 이런 스타일의 책도 필요한 이유다.

대작의 숙명

이 이야기 속의 마야의 인생은 츠키카게의 인생의
반복으로 이어지지 않으면 안 된다. 클래식이 되는
많은 대작들은 이렇게 주인공의 삶이 대를 이어
내려오면서 비슷한 패턴으로 이어진다.

──────────────── 1980년대 중반, 대학생이었던 나는 민요연구회의 부원이었다. 껍데기만 민요 동아리일뿐, 사실상 운동권 모임이어서 실제로 민요를 부르거나 공연을 하는 일은 없었다. 어느 날 선배들이 공연을 해보자고 하면서, 나에게 덜컥 연출을 맡겼다. 동아리의 그 누구도 공연에 대해서 몰랐고, 대부분의 모범생들이 그렇듯이 나는 책부터 찾아 읽었다. 《연극이란 무엇인가》, 《스타니슬라브스키의 연기론》 따위를 밤새 읽었지만, 더 어려워질 뿐이었다. 일단 합숙을 해서 해결해보자는 마음에 하숙방에 모였다. 아는 게 없으니 할 얘기도 없는 밤이었다. 정말 도움이 된다고 생각했는지, 아니면 장난이었는지 모르겠지만, 누군가 만화방에서 '흑나비'라는 제목으로 나온 해적판 《유리가면》을 구해왔다. 그날 밤 모두 밤새워 치열한 연기의 세계에 빠져들었고, 책에서 추상적이고 애매모호하게 나와 있던 연기법 등을 구체적으로 머릿속에 그려볼 수 있었다.

작가 미우치 스즈에는 1951년생으로, 처음 《유리가면》의 연재를 시작한 게 1976년 25세 때다. 그런데 1997년 잡지 연재가 중지되고, 1998년에 일본에서 마지막 단행본이 나오면서 더 이상 이야기의 진행이 이루어지고 있지 않다. 이미 전체 줄거리에 대한 구상이 끝난 상태라고 하나 누구도 다음 이야기의 끝을 모른다. 2010년 이후에야 조금씩 과거 연재분을 다 듬어 내기 시작했는데 그 역시 언제 나올지 알 수 없다.

《유리가면》의 기본 줄거리는 기타지마 마야라는 천재 소녀와 히메가와 아유미라는 유명배우의 딸이자 천재적 아역 배우가 연극 〈홍천녀〉의 주인공으로 뽑히기 위해 경쟁하며 성장하는 이야기다. 그림 자체만을 놓고 보면《유리가면》의 그림은 구식 순정만화 극화체로 높은 점수를 받기 어렵다. 등장인물들의 감정 표현은 생경하고 걸러지지 않은 채 강렬하게 뿜어져 나와서 보는 사람에 따라서는 부담스러울 수도 있고, 때로는 실소를 머금을 만한 표현들도 있다. 그럼에도 이 이야기에 공감하고 푹 빠져들게 되는 것은, 삶의 근본적 의문과 본질적 갈등이 끊임없이 반복되고 있기 때문이다.

정신분석의 눈으로 보면 이 작품의 핵심은 '역사는 되풀이된다'라는 꽤 굵직한 주제다. 학대받은 아이가 학대를 하는 부모가 되고, 상처받으면서 자란 아이가 나중에 의식하지 못한 채 사랑하는 사람에게 같은 상처를 주는 것이 반복되듯이, 정신분석에서는 무의식적 반복의 패턴을 찾아내고 그 맥락과 의미를 해석해내는 것이 중요한 일이다.《유리가면》이 사랑을 받는 이유도 이 중요한 패턴을 따른 덕분이라는 것이 내 생각이다.

여기서 되풀이되는 역사는 대배우이자 연출가인 츠키카게 츠쿠사와 다음 세대 배우인 마야의 비슷한 삶이다. 츠키카게는 천재 연출가 오자키 이치렌의 전설적인 작품 〈홍천녀〉의 여주인공 역할을 맡으며 명성을 날린 최고의 배우다. 그녀는 남루한 어린 시절을 보내다가 오자키에게 픽업되어 배우가 된다. 그리고 유부남이었던 오자키와 이루어질 수 없는 사랑에 빠진다. 오자키의 극단이 계략에 의해 팔리자 오자키는 자살해버린다. 혼자 남은 츠키카게는 〈홍천녀〉를 성공시키지만, 조명기 사고로 얼굴에 큰 흉터를 갖게 되면서 은퇴 후 새로운 후계자를 찾는다.

마야는 츠키카게처럼 가난한 집에서 태어났다. 단 한 번 본 연극의 대사는 모두 외우는 천재이기도 하고, 〈춘희〉의 연극표를 얻기 위해 추운 겨울에 물속으로 뛰어드는 등 연기와 연극에 대한 엄청난 열정을 가지고 있다. 연극을 시작하게 된 마야는 츠키카게를 괴롭히는 재벌가의 양아들 하야미 마스미와 트러블이 생기지만, 결국은 그를 사랑하게 된다. 하지만 하야미가 정혼녀와 약혼을 하면서, 마야도 츠키카게처럼 사랑하는 사람과 이어지지 못한다. 그녀에게 남은 것은 연기뿐이다.

만화에서 분명히 표현되지 않지만 정신과 의사이자 오

랜 독자의 눈으로 볼 때 이 이야기 속 마야의 인생은 츠키카게의 인생을 반복하는 것으로 이어지지 않으면 안 된다. 그게 대작의 숙명이다. 클래식이 되는 많은 대작들은 이렇게 주인공의 삶이 대를 이어 내려오면서 비슷한 패턴으로 이어진다. 유리가면이 천재 소녀 배우 마야 한 명의 이야기로만 만들어졌다면 이렇게 오랜 시간 사랑받기 어려웠을 것이다.

츠키카게가 설명할 수 없는 애정을 가지고 마야를 제자로 삼은 것은 이때문이다. 긴 시간의 흐름 속에 삶의 질곡은 반복된다. 해결되지 않은 갈등은 강화되고, 무의식적으로 대를 이어 반복되고 증폭된다. 츠키카게가 마야를 엄하게 다루면서도 그녀에 대한 애정을 놓지 못하며 〈홍천녀〉의 후보로 키워가는 것은 마야의 안에서 자신 같은 면을 직관적으로 느끼고 그녀의 운명을 보았기 때문이다. 마야의 삶 속에서 그녀가 하는 선택들은 츠키카게로부터 이어져온 것이고, 이는 복잡한 형태로 진화되며 갈등과 괴로움은 깊어질 수밖에 없다. 두 사람은 그걸 의식하지 못한 채 각자 괴로워하고, 독자는 예리하게 둘 사이의 바톤터치를 잡아내며 걸작의 반열에 올리는 것이다.

《유리가면》은 2013년 49권이 나온 이후 여전히 소식이 없다. 끝이 안 났기 때문에 더욱더 끝이 궁금해지고 혼자만의 상상을 하게 된다. 그것이 좋은 창작물의 힘이란 걸 생생하게 느끼게 한다. 저자의 게으름을, 저자가 일은 벌려놓고 수습을 못한다고 비난하는 독자들도 있다. 다음 권을 기다리다가 지칠 때면 나도 그러고 싶다. 하지만 어떨 때는 그냥 이렇게 멈춘 채 종결이 안 난 채 있는 것도 괜찮다는 생각도 한다. 나 혼자 상상을 할 수 있는 덕분이다. 저자가 만들어놓은 판에 이제는 독자들이 올라가 자기 삶에서 나온 이야기를 얹어서 이어가는 것이다. 좋은 틀을 가진 이야기일수록 허탈함에 화가 나기보다, 기다리는 시간 동안 내가 만든 이야기 속의 상상을 하게 되는 것 같다. 그것이 이야기의 힘이다.

책을 좋아하는 사람의 책

제목을 대면 씩 웃으며 고개를 끄덕이면서 '너 책
좀 읽는구나, 인정!'의 사인을 주는 책이 앤 패디먼
의 《서재 결혼 시키기》다.

─────────────── 책을 많이 읽는 다른 사람들은 어떤 생각을 하는지 궁금해진다. 찾아보니 책을 좋아하는 사람이 쓴 책읽기에 대한 책이 하나의 장르를 이루고 있었다. 좋은 책을 소개하는 책, 독서 감상과 사유를 쓴 책은 엄청나게 많지만 이렇게 책을 너무 좋아하다 보니 생긴 해프닝을 다룬 책도 꽤 많다. 눈에 띌 때마다 구해서 읽었는데, 그중에서도 마음에 들었던 책들을 골라보았다.

자기소개서나 개인정보지의 취미를 묻는 칸에 '독서'라고 써온 사람이라면 누구나 공감할 책, 제목을 대면 씩 웃으며 고개를 끄덕이면서 '너 책 좀 읽는구나, 인정!'의 사인을 주는 책이 앤 패디먼의 《서재 결혼 시키기》다. 수많은 책 더미와 살기, 어쩔 수 없는 독서의 즐거움을 다룬 18편의 에세이가 실린 책으로 맨 앞에 실린 '책의 결혼'이 한국어판의 표제를 다룬 내용이다.

동거 6년, 결혼 5년차가 되어서야 저자와 남편은 각자의 책을 합치기로 결정한다. 두 사람이 오래 함께 살면서 티셔츠도 바꿔 입지만 서로의 책은 별거 상태로 아파트의 다른 구역에 나뉘어 있었다. 합치려고 하니 여러 가지 문제가 생겼다. 예를 들어 남편 조지는 분야만 나누고 느슨하게 뒤죽박죽 꽂아놓는 데 비해 저자는 매우 엄격한 규칙에 따라 정리하는데,

어디서 타협점을 찾아야 하는지 같은 것들이다. 저자는 이를 영국식 정원과 프랑스식 정원이라고 유머러스하게 비유한다.

긴 토론 끝에 책 분류법을 정했지만 여전히 말씨름을 하고, 처음으로 이혼을 심각하게 고려할 정도의 갈등이 생겼다고 토로한다. 더 나아가 두 사람의 책이 겹치는 경우는 어떻게 할 것인가? 누구의 책을 남기고 버릴 것인가의 두 번째 갈등이 시작되었다. 이때 처음으로 두 사람이 혹시 갈라설 것을 대비해서 정말 아끼는 책은 겹치더라도 여분으로 간직한 것을 발견한다. 결국 한 권씩을 남기는 과정에서 책을 펼쳐보게 되며 써놓은 메모 등을 보며 잊었던 옛 기억을 되살리기도 한다. 이 모든 과정을 끝내고 비로소 두 사람 각자의 책은 '우리' 책이 되었고, 진정으로 결혼을 한 것임을 깨닫는다. 책을 좋아하는 사람이라면 이런 광경을 누구나 꿈꿔보지 않았을까? 아니, 꿈을 꾸는 것을 떠나 실제로 경험해봤을 것이다. 나는 결혼 후에 이 책을 읽었다. 다행히 나는 아내와 겹치는 책이 별로 없었고, 내 책의 수가 압도적으로 많았기에 안타깝게도 '서재 결혼 시키기'는 해보지 못했다.

매우 다른 독서 취향을 가진 부부가 상대방 취향의 책을 권해서 읽는 과정을 다룬 엔조 도, 다나베 세이아의 《책 읽다가 이혼할 뻔》은 부부의 서재를 결혼시키기 위한 탐색 과정을 다뤘다. 시작 부분은 공감이 갔는데, 안타깝게도 이 책에서 언급되는 많은 책들이 한국에 번역되지 않아서 독서 자체의 즐거움은 별로 없었다.

유머러스한 스타일의 책을 한 권 더 꼽자면 《닉 혼비 런던스타일 책읽기》다. 《피버 피치》, 《하이 피델리티》 등으로 유명한 영국의 소설가 닉 혼비의 에세이는 그의 소설보다도 더 날것의 영국식 유머로 충만하다. 2003년부터 3년에 걸쳐 매달 구매한 책과 읽은 책을 공개하며 독서 후기를 쓴 칼럼을 묶은 책인데, 월별로 '플롯을 다 알려주는 홍보문구라니', '로스앤젤레스에서 빅토리아 시대 소설 읽기는 불가능함. 균형 잡힌 소설 섭취' 같은 재치 있는 부제들이 담겨 있다.

저자는 다소 냉소적이며 아주 솔직한 태도로 독서 경험을 이야기한다. 그는 독자로서 자신의 취향과 한계를 말한다. 취향이 아닌 책을 읽으면 지루해지고, 지루해지면 성격이 나빠진다고 고백하면서. 너무 어려운 책을 교양이라는 이름으로 억지로 읽지 말라고 권한다. 재미없어 죽을 것 같은 책이라면 억지로 읽지 말고, 다른 책을 읽으라고 말한다. 그건 마치 TV프로그램이 재미없을 때 리모컨을 들어 채널을 돌리는 것과 같다고 비유한다. 읽느라 힘들어 눈물이 나는 책에서 얻을 수 있는 것은 거의 없다고 고백하기도 한다. 이런 다짐 속에 닉 혼비는 솔직하게 한 달 동안 구입한 책 목록과 실제 읽은 책 목록의 간격을 솔직히 밝히며 "다 읽지도 않을 거면서 책을 사는 데 돈을 너무 많이 쓴다는 지적은 사양"한다고 미리 말하기도 한다. 한 책에서 떠오른 단상이 꼬리에 꼬리를 물면서 다음 책으로 넘어가는 과정을 닉 혼비의 개성적인 글 스타일로 때로는 비꼬고, 때로는 코믹하며 자학적인 태도로 써내려간 책이라, 언급된 책을 읽어보지 못했다 해도 페이지가 휙휙 넘어간다.

글을 쓰기 위해 전투적으로 책을 읽는 사람이라면 다치바나 다카시를 빼놓을 수 없다. 그의 독서론을 담은 《나는 이런 책을 읽어 왔다》는 한 가지 주제에 대한 책을 쓰기 위해 얼마나 많은 자료를 모으고 조사해야 하는지 사람을 질려버리게 만들 정도다. 책을 한 권 쓰기 위해서 대략 500권 정도를 읽는데, 일반적인 5단 책장을 가득 채우고 반 정도를 더 채운 분량이다. 부분 발췌도 하고 잡지 기사도 보니 대략 100 대 1 정도의 입출력 비율이 된다고 한다. 그 정도 읽고 정리해야 비로소 탄탄한 책이 만들어진다. 일본인의 장인정신이 무엇인지 느낄수 있다. 책에는 도쿄의 좁은 땅에 일곱 평에 불과한 3층짜리 협소주택을 짓고 층별로 수만 권의 책을 가득 채운, 요새 같은 건물 '고양이 빌딩'의 내부가 등장한다. 책을 좋아하는 사람이라 해도 많이 심하다 싶은 마음이 들었다. 그가 제안하는 실전에 필요한 독서법도 메모해놓고 생각날 때마다 읽고는 했다. 그는 "책을 사는데 돈을 아끼지 마라", "책 선택에 대한 실패를 두려워 마라", "자신의 수준에 맞지 않는 책을 무리해서 읽지 마라", "책을 읽을 때에는 끊임없이 의심하라", "난해한 번역서는 오역을 의심하라" 등의 조언을 한다. 이 책을 읽고 그를 보면 정보와 지식을 꽉꽉 눌러 담은 근육덩어리를 만지는 기분이 든다.

　　지금까지 이 책을 읽은 독자들이라면 눈치챘겠지만, 나는 만화를 좋아한다. 책을 좋아하는 사람들에 대한 만화라니, 바로 집어들었다. 이창현이 쓰고 유희가 그린 한국 만화 《익명의 독서 중독자들》이다. B급 병맛 만화로 중구난방의 진행이지만 근간은 독서중독자를 자처하는 사람들의 정기 모임에서 벌어지는 이야기다. 알코올중독을 치료하기 위해 익명으로 모임으로 유지하는 단주회(Alcohol Anonymous)에서 모티브를 따왔다. 등장인물들이 촌철살인으로 내뱉는 독서에 대한 평가는 정말 재미있었다. "저자 소개보다 역자 소개가 긴 책은 재고의 여지가 없이 무시한다"고 일갈하면서 그 책을 기관포로 갈겨서 파괴시켜버린다. "서문에 장별로 어떤 내용을 다뤘는지 압축적으로 제시한 책은 실패 확률이 적다"는 구체적인 팁도 나온다. 또 사는 곳 근처에 도서관이 없다면 "이사를 가. 인간이 살 곳이 아니야!"라고 단언한다.

이런 책을 읽다 보면 '내가 책에 너무 많은 돈을 쓰나', '너무 과하게 책에 빠져 지내나' 하는 의혹은 쏙 들어간다. 난 저들에 비하면 환자라 해도 경증에 불과하다는 걸 바로 느낄 수 있으니. 혹시라도 나와 같은 생각을 해본 적 있는 분들이라면 이 책들을 보시기 바란다. 한결 마음이 편안해질 것이다.

내 인생의 책

《슬램덩크》를 읽고 20년이 지났다. 지금 주변을 돌이켜보면 보통의 정신과 의사와는 다른 독특한 정체성이 만들어진 것 같다. 이로 인해 이런저런 현실적 고단함은 있지만, 적당히 만족하며 살아가고 있다. 강백호가 그랬듯이.

─────────── 만족스러운 인생이란 '내가 하고 싶은 것'과 '하라고 요구되는 것' 사이의 적당한 균형에서 비롯된다. 그러나 현실은 3 대 7 정도의 비중으로 주어진 미션을 겨우겨우 해나가는 정도에 불과하다. 내가 주도하지 못한다고 여기는 상황은 어쩌다 잘 풀려도 내 것 같지 않고, 못 되면 미련과 후회의 한숨만 쉬게 된다. 나라고 예외는 아니었다. 이 책을 만나기 전까지는. 과거의 실수에 얽매이고, 남들의 평가에 일희일비하고, 미래의 불확실한 인정에 목을 매달았다. 남이 나를 어떻게 볼지, 타인의 시선과 판단에 한껏 예민했다. 부탁 하나 하기 전에 엄청 고민하는 사람이었다.

어릴 때 읽었던 이노우에 다케히코의 《슬램덩크》가 완전판으로 발매되기 시작했다. 반가운 마음에 한 권씩 사서 보기 시작했는데 처음 읽을 때와는 또 다른 느낌이었다. 다시금 확 빠져들면서 반복해서 읽다 보니 영원히 바뀌지 않을 것 같던 내 태도가 변하기 시작했다.

주인공 강백호는 풋내기 농구부원이다. 농구를 시작하기 전까지는 그냥 한량이자 건달, 단세포 같은 남자 고등학생이었다. 농구부 매니저 소연이를 좋아해서 우연히 농구를 시작하게 되었고, 그의 탁월한 운동신경을 알아본 유도부 주장의 스카웃에 "나는 바스켓맨이니까"라며 단호히 뿌리치고 풋

내기슛을 연습한다. 실내화 같은 운동화를 신고도 부끄러워하지 않고, 무작정 연습하고 부딪치면서 서서히 성장해나간다. 좋아하는 것이 무엇인지 몰라서 좌충우돌하던 문제 학생은 이렇게 자신의 정체성을 만들어가게 된 것이다.

인정을 받건 안 받건 자기가 좋아하는 것을 시작하고 나면 인생은 최소한 후회로 만신창이가 되지는 않는다. 누가 뭐라고 해도, 잘하건 못하건 자기가 즐기고 싶은 일을 해나간다. 이전 세대의 가치관과는 확연히 달랐다. 《공포의 외인구단》의 까치 오혜성처럼 복수나 질투심이 노력의 동기가 되지 않는다. 그냥 좋아하는 일을 하며 그 과정을 즐길 뿐이다. 게다가 서태웅이 모차르트처럼 천재적 플레이를 하지만 살리에르적인 열등감에 시달리지 않는다. 대책 없는 낙관주의가 기본 옵션이다. 긍정의 힘은 멋진 슬램덩크도 아닌 고작 레이업 슛인 풋내기슛부터 한 걸음씩 한 걸음씩 나아간다. 이렇게 형성된 존재감과 정체성은 불가능할 거리에서 성공하는 3점슛이나, 백보드를 부술 듯한 슬램덩크와 함께 오는 것이 아니었다. 그렇게 강백호는 어느새 바스켓맨이 되어버렸다. 이런 태도는 강백호뿐만 아니다. 북산고등학교가 강력한 상대 팀과 대등한 경기를 해나가자 감동한 채치수 주장이 "고맙다"고 한다. 그 순간 북산의 모든 선수들은 "무슨 웃기는 소리야! 난 내 자신을 위해서 하는 거야!"라고 외친다. 진정한 팀워크란 전체를 위해 나를 희생하는 것이 아니라, 각자 자신의 목적을 위해 최선을 다할 때 만들어지는 것이다.

신간이 나올 때까지 구간을 다시 읽으면서 《슬램덩크》의 세계관은 물밑부터 조금씩 나를 바꿨다. '짧은 인생 내가 좋아하는 것을 즐기면서 살자'라는 강백호의 '나' 중심의 삶과 '잘 될 거야, 걱정 마'라는 낙관적 태도가 서서히 몸에 물들었다. 남과 비교하면서 애태우지 않고 그냥 내가 좋아하는 것을 즐길 수 있게 되었다. 팀을 위해서 나를 희생하는 것도 좋지만, 일단 내가 좋아하는 것을 내 자리에서 열심히 최선을 다하는 것이 진정한 팀워크라고 생각하니 더욱 남을 의식하는 것이 줄어들었고, 내가 희생하고 있다고 여기면서 생기는 작은 억울함 같은 것도 없어졌다.

《슬램덩크》를 읽고 20년이 지났다. 지금 주변을 돌이켜 보면 보통의 정신과 의사와는 다른 독특한 정체성이 만들어진 것 같다. 이로 인해 이런저런 현실적 고단함은 있지만, 적당히 만족하며 살아가고 있다. 강백호가 그랬듯이. 만일 내가 《슬램덩크》를 읽지 않았다면? 조금 더 학문적으로 성공하고 좋은 지위를 갖고, 경제적으로 성취를 했을 것이다. 하지만 어딘가 쫓기는 듯, 결핍된 채 지내고 있을 것이 분명하다. 여전히 타인의 시선을 의식하고, 나보다 세상의 기대에 부응하기 위해 에너지를 쏟고 있을 것 같다.

마음 흔들리지 말라고 오늘도 애장판 스물네 권은 내 책장 한구석에 순서대로 가지런히 꽂혀 나를 내려다보며 말한다. "괜히 억지로 잘하려고 힘 주지마. 무릎을 살짝 튕기고 왼손은 거들 뿐이야"라면서.

지금도 가끔 마음이 흔들리고, 고민이 될 때 무작위로 한 권 꺼내 읽다 보면 마음이 편해지고, 생각도 정리가 된다. 헷갈리던 것이 분명해진다. 신기한 일이다.

누구나 이런 책 한 권씩은 있어야 한다고 믿는다. 인생에 벼락같이 확 꽂힌 책, 아무리 낡아도 이것만은 놓거나 남에게 주고 싶지 않은 책 말이다. 이런 책은 인생의 나침반이자 이정표다. 평생 간직하고 있다가 갈림길에 섰을 때, 지치고 피곤할 때 꺼내서 읽고 싶어지고 그 역할을 톡톡히 한다. 스누피의 친구인 꼬마 라이너스는 언제나 담요를 갖고 다닌다. 없으면 불안하고 외롭다. 그런 면에서 내게 《슬램덩크》는 라이너스의 담요인지 모른다. 나는 모든 사람의 마음에 라이너스의 담요와 같은 책이 있으면 한다. 언뜻 떠오르는 게 없다면 한번쯤 찾아보는 것도 좋다. 긴 인생에서 내가 흔들리지 않도록 중심을 잡아주는 책은 반드시 필요하다.

꾸준히 읽어가는 것뿐

─────────── 처음 시작은 가벼운 글을 써보
자는 것이었다.《고민이 고민입니다》를 내고 난 다음 에세이를
써보자는 제안을 받았다. 일상 에세이보다는 내가 좋아하는
책에 대한 이야기를 쓰기로 했다. 그렇게 시작한 글이 지금의
이 책이다. 재미있고 가볍게, 유머 있는 글을 쓰고 싶었다. 하
지만 만들어진 결과물은 그리 가볍지 않아 보였다. 쓰고 나니
나라는 인간이 지식을 얻고, 정보를 정리하고, 생각을 통합하
면서 글을 쓰기 위한 능동적 독서를 하는 것을 가장 중요하게
여기는 사람이라는 것이 확실해졌다. 애매하던 심증이 분명해
진 것이다. 책을 좋아하는 사람의 다양한 독서 경험을 주관적
으로 써내려간 에세이로 시작한 글이 다 써놓고 보니 내 나름
의 책을 바라보는 관점과 능동적 독서를 위한 안내가 되어버
렸다. 다 내 탓이다. 저자가 생긴 대로 책은 나올 수밖에 없는
것인가 보다.

　　내가 어떤 독서가인지 이번에 이 글을 쓰면서 알 수 있
게 된 것이 가장 큰 수확이었다. 나는 혼자 읽는 것을 좋아하
고, 혼자 할 수 있는 것이라 독서를 좋아하고, 문학보다는 인
문서를 선호하고, 감정적 울림보다 지적 성찰과 깨달음에 동기
부여가 되는 그런 사람이었다. 같은 책을 여러 번 읽어 내 안
에 차곡차곡 숙성시키는 것보다 새 책을 넓고 빠르게 훑어서

겉으로나마 윤곽을 그려내는 것을 좋아한다. 그렇다고 의무감으로 읽거나 양으로 승부하듯 책을 읽는 것은 싫다. 결국 언젠가는 이 내용 중 일부는 내가 글을 쓰는 데 쓸 수 있을지 모른다는 가정 아래 그 안의 내용을 해체해서 저장하고 수납하는 능동적 독서를 할 때 쾌감을 느낀다.

읽으면서 모은다. 잘 모아놓은 것들이 숙성하며 생각이 익어간다. 타이밍이 되면 꺼내 쓴다. 쓰는 과정에 생각은 깊어지고 지평은 넓어진다. 그 눈으로 다시 읽기 시작한다. 이게 나의 책읽기와 쓰기의 패턴이다. 이제 독서는 선순환을 이루고, 종착점이 없는 일이라 좋다. 돌이켜보니 아주 어릴 때부터 지금까지 질리지 않고 좋아하고 있는 유일한 일이 책읽기다. 텍스트의 시대가 저물고 이미지와 영상의 시대로 넘어가버린 지금, 나는 텍스트에 더 익숙한 구세대에 속하는 사람이다. 여전히 나는 웹이나 모니터로 읽는 문서가 아닌 종이로 만들어진 책이란 물성이 좋다. 한 권으로 정리되어 제공되는 분량의 포만감을 사랑한다. 그 정도 흐름의 길이와 이해의 난이도란 경사가 있어야 오를 맛이 있다.

오늘도 나는 책을 쌓아놓고 읽는다. 이건 끝이 나지 않는 달리기 같은 것이다. 시작점은 있지만 반환점도 없고 종착점도 없다. 그냥 가는 것이다. 꾸역꾸역 꾸준하게 읽어가고 새로운 것을 알고, 다른 사람의 생각과 경험을 공유하고, 세상의 이치를 알게 되면서 '모르는 것을 알게 되는 것', '아는 것이 더욱 분명해 지는 것'의 즐거움을 쌓아간다. 그것이 내게는 작은 행복이고 나의 하루를 완성해가는 자잘한 벽돌들이다. 이 책이 나와 같이 책을 좋아하는 사람들에게 작은 도움이 되었기를 바란다. 내가 이런 방식으로 책을 읽었듯이, 모든 사람에게는 자기만의 책 읽는 방식이 있어야 한다. 정답은 없는 법이다. 자기 페이스대로 좋아하는 책을 읽고, 한쪽에 치우치지 않으려 노력하고, 즐기는 마음으로 하나하나 읽어나가는 것, 그 과정을 잘 들여다보면 이미 나만의 스타일이 확고한 상태일 것이라 믿는다. 내가 그랬듯이.

　독서의 행복이 모두에게 더 깊이 스며들기를 바라며.

하지현이 읽은 책들

본문에서 언급된 도서들 ──────────

개의 힘 1, 2　돈 윈슬로│김경숙 옮김│황금가지│2012

고민이 고민입니다　하지현│인플루엔셜│2019

고양이 그림일기　이새벽│책공장더불어│2017

고양이의 크기　서귤│이후진프레스│2018(개정판)

공간이 사람을 움직인다　콜린 엘러드│문희경 옮김│더퀘스트│2016

공포의 외인구단　이현세│학산문화사│2009

관계의 과학　김범준│동아시아│2019

관계의 재구성　하지현│궁리│2006

국경의 남쪽, 태양의 서쪽　무라카미 하루키│임홍빈 옮김│문학사상사│2006

굴비낚시　김영하│마음산책│2000

그쪽의 풍경은 환한가　심보선│문학동네│2019

김영하 이우일의 영화이야기　김영하│마음산책│2003

꿈의 해석　지그문트 프로이트│김인순 옮김│열린책들│2004

나는 달리기로 마음의 병을 고쳤다　스콧 더글러스│김문주 옮김│수류책방│2019

나는 이런 책을 읽어 왔다　다치바나 다카시│이언숙 옮김│청어람미디어│2001

남보다 더 불안한 사람들　대니얼 키팅│정지인 옮김│푸른숲│2018

내 아들은 조현병입니다　론 파워스│정지인 옮김│심심│2019

네가 누구든 얼마나 외롭든　김연수│문학동네│2012

노르웨이의 숲　무라카미 하루키│양억관 옮김│민음사│2013

누가 내 머리에 똥 쌌어　베르너 홀츠바르트│볼프 예를브루흐 그림│사계절│2008

늦깎이 천재들의 비밀　데이비드 엡스타인│이한음 옮김│열린책들│2020

닉 혼비 런던스타일 책읽기 닉 혼비 | 이나경 옮김 | 청어람미디어 | 2009(절판)

대도시의 사랑법 박상영 | 창비 | 2019

동시성의 과학 싱크 스티븐 스트로가츠 | 조현욱 옮김 | 김영사 | 2005

레오나르도 다빈치 월터 아이작슨 | 신봉아 옮김 | 아르테 | 2019

리딩 위니코트 레슬리 칼드웰·안젤라 조이스 | 한국정신분석학회 옮김 | 눈출판그룹 | 2015

리딩 프로이트 장 미셸 키노도즈 | PIP정신분석연구소 옮김 | NUN | 2011

마음의 여섯 얼굴 김건종 | 에이도스 | 2019

만화의 이해 스콧 맥클라우드 | 김낙호 옮김 | 비즈앤비즈 | 2008

맛의 달인 카리야 데쓰 | 투엔티세븐 편집부 옮김 | 대원씨아이 | 2008~

망각의 기술 이반 이스쿠이에르두 | 김영선 옮김 | 심심 | 2017

물어봐줘서 고마워요 요한 하리 | 김문주 옮김 | 쌤앤파커스 | 2018

바깥은 여름 김애란 | 문학동네 | 2017

배움의 발견 타라 웨스트오버 | 김희정 옮김 | 열린책들 | 2020

100만 번 산 고양이 사노 요코 | 김난주 옮김 | 비룡소 | 2016

보이는 어둠 윌리엄 스타이런 | 임옥희 옮김 | 문학동네 | 2011

불안 알랭 드 보통 | 정영목 옮김 | 은행나무 | 2012(개정판)

불안해도 괜찮아 최주연 | 소울메이트 | 2016

불행은 어떻게 질병으로 이어지는가 네이딘 버크 해리스 | 정지인 옮김 | 심심 | 2019

브리야 사바랭의 미식 예찬 장 앙텔므 브리야 사바랭 | 홍서연 옮김 | 르네상스 | 2004

사람일까 상황일까 리처드 니스벳·리 로스 | 김호 옮김 | 심심 | 2019

서른 살이 심리학에 묻는다 김혜남 | 갤리온 | 2008

서재 결혼 시키기 앤 패디먼 | 정영목 옮김 | 지호 | 2001

소통의 기술 하지현 | 미루나무 | 2007(절판)

스타니슬라브스키의 연기론 1-3 스타니슬라브스키 | 김균형 옮김 | 소명출판 | 2001-2002

인생 따위 엿이나 먹어라　마루야마 겐지 | 김난주 옮김 | 바다출판사 | 2013

1일 1클래식 1기쁨　클레먼시 버턴힐 | 김재용 옮김 | 윌북 | 2020

1일 1페이지, 세상에서 가장 짧은 교양 수업 365　데이비드 S. 키더·노아 D. 오펜하임 | 허성심 옮김 | 위즈덤하우스 | 2019

1화뿐일지 몰라도 아직 끝은 아니야　김봉석 | 한겨레출판사 | 2020

읽지 않은 책에 대해 말하는 법　피에르 바야르 | 김병욱 옮김 | 여름언덕 | 2008

자기 인생의 철학자들　김지수 | 어떤책 | 2018

자기심리학과 나르시시즘의 치료　리처드 체식 | 임말희 옮김 | NUN | 2012

자기심리학에 따른 정신치료　마이클 프란츠 바쉬 | 박근영·황익근 옮김 | NUN | 2014

정신과는 후기를 남기지 않는다　전지현 | 팩토리나인 | 2018

정신분석적 발달이론　캘빈 칼러루소 | 반건호·정선주 옮김 | 학지사 | 2011

정신분석적 심리치료　낸시 맥윌리엄스 | 권석만·이한주·이순희 옮김 | 학지사 | 2007

정신분석적 진단　낸시 맥윌리엄스 | 이기련 옮김 | 학지사 | 2018(개정판)

정신분석학 개요　지그문트 프로이트 | 박성수·한승완 옮김 | 열린책들 | 2004

정신치료와 임상적 직관　테리 마크스탈로우 | 노경선 옮김 | 눈출판그룹 | 2019

정신화 중심의 경계성 인격장애의 치료　피터 포타기·앤서니 베이트만 | 노경선정신치료연구회 옮김 | NUN | 2012(개정판)

주말엔 숲으로　마스다 미리 | 박정임 옮김 | 이봄 | 2012

죽고 싶지만 떡볶이는 먹고 싶어　백세희 | 흔 | 2018

중국집　조영권 | 이윤희 그림 | CABOOKS | 2018

직업으로서의 소설가　무라카미 하루키 | 양윤옥 옮김 | 현대문학 | 2016

차일드44 1~3　톰 롭 스미스 | 박산호 옮김 | 노블마인 | 2015

책 읽다가 이혼할 뻔　엔도 조·다나베 세이아 | 박제이·구수영 옮김 | 정은문고 | 2018

책갈피의 기분　김먼지 | 제철소 | 2019

천재가 될 수밖에 없는 아이들의 드라마　앨리스 밀러 | 노선정 옮김 | 양철북 | 2019

침이 고인다　김애란 | 문학과지성사 | 2007

칠전동 고양이　칠전동아이들 | 파피루스책방 | 2018

카우치에 누워서　어빈 D. 얄롬 | 이혜성 옮김 | 시그마프레스 | 2007

키키 키린　키키 키린 | 현선 옮김 | 항해 | 2019

파리, 에스파스　김면 | 허밍버드 | 2014

평소의 발견　유병욱 | 북하우스 | 2019

풀하우스　스티븐 제이 굴드 | 이명희 옮김 | 사이언스북스 | 2002

프로이트 1, 2　피터 게이 | 정영목 옮김 | 교양인 | 2011

프로이트 이후　스테판 밋첼·마가렛 블랙 | 이재훈 옮김 | 한국심리치료연구소 | 2000

피버 피치　닉 혼비 | 이나경 옮김 | 문학사상사 | 2014

픽션들　호르헤 루이스보르헤스 | 송병선 옮김 | 민음사 | 2011(단편 〈바벨의 도서관〉 수록)

하드보일드는 나의 힘　김봉석 | 예담 | 2012

하루키를 읽다가 술집으로　조승원 | 싱긋 | 2018

하이 피델리티　닉 혼비 | 오득주 옮김 | 문학사상사 | 2014

해리 포터 시리즈　J. K. 롤링 | 김혜원·최인자 옮김 | 문학수첩 | 1999~2007(절판)

현대적 관점의 클라인 정신분석　카탈리나 브론스타인 | 홍준기 옮김 | 눈출판그룹 | 2019

히스테리 연구　지그문트 프로이트 | 김미리혜 옮김 | 열린책들 | 2004

기획회의　한국출판마케팅연구소 | 1998~(격주)

매거진 B　JOH & Company | 2011~

씨네21　한겨레출판사 | 1995~

어라운드　어라운드 | 2012~(격월)

필름2.0　(주)미디어2.0 | 2000~2009

작가가 추천하는 도서들

이 도서 리스트는 2009년부터 2020년 상반기까지 읽었던 책 중에서 별점 5점을 주었던 책들을 분야별로 정리한 것입니다. 10여 년이 지나며 절판되거나 개정판이 나온 책들은 괄호 안에 표기했습니다.

[정신의학·심리]

가장 뛰어난 중년의 뇌　바바라 스트로치 | 김미선 옮김 | 해나무 | 2011

개로 길러진 아이　브루스 D. 페리·마이아 살라비츠 | 황정하 옮김 | 민음인 | 2011

개성의 힘　마르쿠스 헹스트슐레거 | 권세훈 옮김 | 열린책들 | 2012

거짓말하는 착한 사람들　댄 애리얼리 | 이경식 옮김 | 청림출판 | 2012

결정, 흔들리지 않고 마음먹은 대로　애니 듀크 | 구세희 옮김 | 8.0 | 2018

결핍의 경제학　센딜 멀레이너선·엘다 샤퍼 | 이경식 옮김 | 알에이치코리아 | 2014

경계선 지능과 부모　박찬선 | 아담북스 | 2020

공간이 사람을 움직인다　콜린 엘러드 | 문희경 옮김 | 더퀘스트 | 2016

공감하는 능력　로먼 크르즈나릭 | 김병화 옮김 | 더퀘스트 | 2018

관계를 읽는 시간　문요한 | 더퀘스트 | 2018

광기와 문명　앤드루 스컬 | 김미선 옮김 | 뿌리와이파리 | 2017

광기의 리더쉽　나시르 가에미 | 정주연 옮김 | 학고재 | 2012

긍정의 배신　바버라 에런라이크 | 전미영 옮김 | 부키 | 2011

기적을 부르는 뇌　노먼 도이지 | 김미선 옮김 | 지호 | 2008

나는 나를 돌봅니다　박진영 | 우리학교 | 2019

나는 심리치료사입니다　메리 파이퍼 | 안진희 옮김 | 위고 | 2019

나도 이별이 서툴다　폴리 첸 | 박완범 옮김 | 공존 | 2008

내 속엔 미생물이 너무 많아　에드 용 | 양병찬 옮김 | 어크로스 | 2017

내 아들은 조현병입니다 론 파워스 | 정지인 옮김 | 심심 | 2019

너브 테일러 클락 | 문희경 옮김 | 한국경제신문사 | 2013

뇌과학으로 읽는 트라우마와 통증 스티브 헤인스 | 김아림 옮김 | 푸른지식 | 2016

누구나 게임을 한다 제인 맥고니걸 | 김고명 옮김 | 알에이치코리아 | 2012

당신은 마음에게 속고 있다 최병건 | 푸른숲 | 2011

더 커넥션 에머런 메이어 | 김보은 옮김 | 브레인월드 | 2017

때로는 나도 미치고 싶다 스티븐 그로스 | 전행선 옮김 | 나무의철학 | 2013(절판)

마음의 여섯 얼굴 김건종 | 에이도스 | 2019

마인드웨어 리처드 니스벳 | 이창신 옮김 | 김영사 | 2016

모두가 인기를 원한다 미치 프린스틴 | 김아영 옮김 | 위즈덤하우스 | 2018

무엇이 인간을 만드는가 제롬 케이건 | 김성훈 옮김 | 책세상 | 2020

물어봐줘서 고마워요 요한 하리 | 김문주 옮김 | 쌤앤파커스 | 2018

미국처럼 미쳐가는 세계 에단 와터스 | 김한영 옮김 | 아카이브 | 2011(절판)

미성숙한 사람들의 사회 미하엘 빈터호프 | 송소민 옮김 | 추수밭 | 2016

믿음의 배신 마이클 맥과이어 | 정은아 옮김 | 페퍼민트 | 2014(절판)

배고픔에 관하여 샤먼 앱트 러셀 | 곽명단 옮김 | 돌베개 | 2016

부모와 십대 사이 하임 기너트 | 신홍민 옮김 | 양철북 | 2003

부모 혁명 스크림프리 핼 에드워드 렁켈 | 박인선·신홍민 옮김 | 양철북 | 2009(절판)

불행은 어떻게 질병으로 이어지는가 네이딘 버크 해리스 | 정지인 옮김 | 심심 | 2019

불행 피하기 기술 롤프 도벨리 | 유영미 옮김 | 인플루엔셜 | 2018

사과에 대하여 아론 라자르 | 윤상현 옮김 | 바다출판사 | 2020

성격의 탄생 대니얼 네틀 | 김상우 옮김 | 와이즈북 | 2019

세뇌 샐리 사텔·스콧 O. 릴렌펠드 | 제효영 옮김 | 생각과사람들 | 2014

센서티브 일자 샌드 | 김유미 옮김 | 다산지식하우스 | 2017

수치심 권하는 사회　브레네 브라운ㅣ서현정 옮김ㅣ가나출판사ㅣ2019

수치심의 힘　제니퍼 자케ㅣ박아람 옮김ㅣ책읽는수요일ㅣ2017

스트레스(STRESS)　로버트 새폴스키ㅣ이재담 옮김ㅣ사이언스북스ㅣ2008

스트레스의 힘　켈리 맥고니걸ㅣ신예경 옮김ㅣ21세기북스ㅣ2020

심리의 책　캐서린 콜린·나이젤 벤슨·조안나 긴스버그·불라 그랜드·베린 레이지안ㅣ이
경희·박유진·이시은 옮김ㅣ지식갤러리ㅣ2012

심리치료 극장　필리파 페리ㅣ김흥숙 옮김ㅣ서해문집ㅣ2011

심리학에 속지 마라　스티브 아얀ㅣ손희주 옮김ㅣ부키ㅣ2014

10대 성장 보고서　EBS 10대 성장 보고서 제작팀ㅣ동양북스ㅣ2012

10대의 뇌　프랜시스 젠슨·에이미 엘리스 넛ㅣ김성훈 옮김ㅣ웅진지식하우스ㅣ2018

야윈 돼지의 비밀　트레이시 만ㅣ이상헌 옮김ㅣ일리ㅣ2018

양육쇼크　포 브론슨·애쉴리 메리먼ㅣ이주혜 옮김ㅣ물푸레ㅣ2009

어떻게 죽을 것인가　아툴 가완디ㅣ김희정 옮김ㅣ부키ㅣ2015

염증에 걸린 마음　에드워드 불모어ㅣ정지인 옮김ㅣ심심ㅣ2020

왜 우리는 살찌는가　게리 타우브스ㅣ강병철 옮김ㅣ알마ㅣ2020

우리가 사랑할 때 이야기하지 않는 것들　에스터 페렐ㅣ김하현 옮김ㅣ웅진지식하우스
ㅣ2019

우리는 마약을 모른다　오후ㅣ동아시아ㅣ2018

우리는 어떻게 괴물이 되어가는가　파울 페르하에허ㅣ장혜경 옮김ㅣ반비ㅣ2015

우리는 왜 아플까　대리언 리더·데이비드 코필드ㅣ배성민 옮김ㅣ동녘사이언스ㅣ2011(절판)

우리는 왜 짜증나는가　조 팔카·플로라 리히트만ㅣ구계원ㅣ문학동네ㅣ2014

우리 아이 괜찮아요　서천석ㅣ위즈덤하우스ㅣ2014

우울할 땐 뇌과학　앨릭스 코브ㅣ정지인 옮김ㅣ심심ㅣ2018

은유로 본 기억의 역사　다우어 드라이스마ㅣ정준형 옮김ㅣ에코리브르ㅣ2015(개정판)

의도적 눈감기 마거릿 헤퍼넌 | 김학영 옮김 | 푸른숲 | 2013(절판)

의사가 알아야 할 통계학과 역학 나쉬르 가에미 | 박원명·우영섭·송후림·이대보 옮김 | 황소걸음아카데미 | 2015

이매진 조나 레러 | 김미선 옮김 | 21세기북스 | 2013

인간은 왜 외로움을 느끼는가 존 카치오포·윌리엄 패트릭 | 이원기 옮김 | 민음사 | 2013

잠시 혼자 있겠습니다 마이클 해리스 | 김병화 옮김 | 어크로스 | 2018

정상과 비정상의 과학 조던 스몰러 | 오공훈 옮김 | 시공사 | 2015

정신병을 만드는 사람들 앨런 프랜시스 | 김명남 옮김 | 사이언스북스 | 2014

정신분석적 사례이해 낸시 맥윌리엄스 | 권석만 옮김 | 학지사 | 2005

정신의학의 역사 에드워드 쇼터 | 최보문 옮김 | 바다출판사 | 2009(절판)

중년의 발견 데이비드 베인브리지 | 이은주 옮김 | 청림출판 | 2013(절판)

지지 않는 마음 알렉스 리커만 | 김성훈 옮김 | 책읽는수요일 | 2013(절판)

크레이빙 마인드 저드슨 브루어 | 안진이 옮김 | 어크로스 | 2018

타인의 영향력 마이클 본드 | 문희경 옮김 | 어크로스 | 2015

탁월한 결정의 비밀 조나 레러 | 강미경 옮김 | 위즈덤하우스 | 2009(절판)

파워풀 워킹 메모리 트레이시 앨러웨이·로스 앨러웨이 | 이충호 옮김 | 문학동네 | 2014

펭귄과 리바이어던 요차이 벤클러 | 이현주 옮김 | 반비 | 2013

프로이트의 환자들 김서영 | 프로네시스 | 2010

프로이트 패러다임 맹정현 | 위고 | 2015

행복은 전염된다 니컬러스 크리스태키스·제임스 파울러 | 이충호 옮김 | 김영사 | 2010

행복의 조건 조지 베일런트 | 이덕남 옮김 | 프런티어 | 2010

화풀이 본능 데이비드 바래시·주디스 이브 립턴 | 고빛샘 옮김 | 명랑한지성 | 2012

환자에게서 배우기 패트리 J. 케이스먼트 | 김석도 옮김 | 한국심리치료연구소 | 2003

환자와 치료자를 위한 실용 정신분석　오웬 레닉 | 노경선 옮김 | 눈 | 2014

효율적 이타주의자　피터 싱어 | 이재경 옮김 | 21세기북스 | 2016

[인문사회·과학]

가만한 당신　최윤필 | 마음산책 | 2016

공부 논쟁　김대식·김두식 | 창비 | 2014

과식의 심리학　키마 카길 | 강경이 옮김 | 루아크 | 2020

괴짜사회학　수디르 벤카테시 | 김영선 옮김 | 김영사 | 2009

교사도 학교가 두렵다　엄기호 | 따비 | 2013

구글 신은 모든 것을 알고 있다　정하웅·김동섭·이해웅 | 사이언스북스 | 2013

기생충 우리들의 오래된 동반자　정준호 | 후마니타스 | 2011

기타노 다케시의 위험한 일본학　기타노 다케시 | 김영희 옮김 | 씨네21북스 | 2009

김대식의 인간 vs 기계　김대식 | 동아시아 | 2016

나는 당신의 말할 권리를 지지한다　정관용 | 위즈덤하우스 | 2009

나쁜 교육　조너선 하이트·그레그 루키아노프 | 왕수민 옮김 | 프시케의숲 | 2019

내 권리는 희생하고 싶지 않습니다　김지윤 | 알에이치코리아 | 2020

내리막 세상에서 일하는 노마드를 위한 안내서　제현주 | 어크로스 | 2014

누가 우리의 일상을 지배하는가　전성원 | 인물과사상사 | 2012

능력주의는 허구다　스티븐 J. 맥나미·로버트 K. 밀러 주니어 | 김현정 옮김 | 사이 | 2015

늦깎이 천재들의 비밀　데이비드 엡스타인 | 이한음 옮김 | 열린책들 | 2020

닥치고 정치　김어준·지승호 | 푸른숲 | 2011

단어의 사생활　제임스 W. 페니베이커 | 김아영 옮김 | 사이 | 2016

대체의학을 믿으시나요　폴 오핏 | 서민아 옮김 | 필로소픽 | 2017

대통령을 위한 과학 에세이　이종필 | 글항아리 | 2009

리얼리스트를 위한 유토피아 플랜　뤼트허르 브레흐만 | 안기순 옮김 | 김영사 | 2017

마이크로트렌드　마크 펜·키니 잴리슨 | 안진환 옮김 | 해냄 | 2007(절판)

문학으로 역사 읽기, 역사로 문학 읽기　주경철 | 사계절 | 2009

박종훈의 대담한 경제　박종훈 | 21세기북스 | 2015

번아웃 키즈　미하엘 슐테 마르크보르트 | 정지현 옮김 | 문학동네 | 2016

부러진 사다리　키스 페인 | 이영아 옮김 | 와이즈베리 | 2017

분노의 숫자　새로운 사회를 여는 연구원 | 동녘 | 2014

사피엔스　유발 하라리 | 조현욱 옮김 | 김영사 | 2015

사회적 원자　마크 뷰캐넌 | 김희봉 옮김 | 사이언스북스 | 2010

상식파괴자　그레고리 번스 | 김정미 옮김 | 비즈니스맵 | 2010

세계사를 바꾼 10가지 약　사토 겐타로 | 서수지 옮김 | 사람과나무사이 | 2018

세상물정의 사회학　노명우 | 사계절 | 2013

수축사회　홍성국 | 메디치미디어 | 2018

스매싱　정상수 | 해냄출판사 | 2010

신뢰의 법칙　데이비드 데스테노 | 박세연 옮김 | 웅진지식하우스 | 2018

실력과 노력으로 성공했다는 당신에게　로버트 H. 프랭크 | 정태영 옮김 | 글항아리 | 2018

아웃라이어　말콤 글래드웰 | 노정태 옮김 | 김영사 | 2009

아이들은 어떻게 권력을 잡았나　다비드 에버하르드 | 권루시안 옮김 | 진선북스 | 2016

아파야 산다　샤론 모알렘 | 김소영 옮김 | 김영사 | 2010

아파트 게임　박해천 | 휴머니스트 | 2013

아픔이 길이 되려면　김승섭 | 동아시아 | 2017

지금, 경계선에서　레베카 코스타 | 장세현 옮김 | 쌤앤파커스 | 2011

지식 e SEASON 6　EBS 지식채널 e | 북하우스 | 2011

질병의 탄생　홍윤철 | 사이 | 2014

차별받은 식탁　우에하라 요시히로 | 황선종 옮김 | 어크로스 | 2012

책은 도끼다　박웅현 | 북하우스 | 2011

청년, 난민 되다　미스핏츠 | 코난북스 | 2015

타임 푸어　브리짓 슐트 | 안진이 옮김 | 더퀘스트 | 2015

팩트풀니스　한스 로슬링·올라 로슬링·안나 로슬링 뢴룬드 | 이창신 옮김 | 김영사 | 2019

편안함의 배신　마크 쉔·크리스틴 로버그 | 김성훈 옮김 | 위즈덤하우스 | 2014(절판)

평균의 종말　토드 로즈 | 정미나 옮김 | 21세기북스 | 2018

퓨처마인드　리처드 왓슨 | 이진원 옮김 | 청림출판사 | 2011(절판)

한국인의 부동산 심리　박원갑 | 알에이치코리아 | 2014

현대의학의 거의 모든 역사　제임스 르 파누 | 강병철 옮김 | 알마 | 2016

혼창통　이지훈 | 쌤앤파커스 | 2010

홍성욱의 과학에세이　홍성욱 | 동아시아 | 2008(절판)

희망의 배신　바버라 에런라이크 | 전미영 옮김 | 부키 | 2012

히트 메이커스　데릭 톰슨 | 이은주 옮김 | 21세기북스 | 2017

[비소설·에세이·예술]

고양이의 주소록　무레 요코 | 권남희 옮김 | 해냄 | 2019

군산 여행 레시피　김주미 | 즐거운상상 | 2014

그건 사랑이었네　한비야 | 푸른숲 | 2009

그래도 당신이 맞다　이주형 | 해냄 | 2010

그림에, 마음을 놓다 이주은|아트북스|2018

나는 가해자의 엄마입니다 수 클리볼드|홍한별 옮김|반비|2016

나를 지키며 일하는 법 강상중|노수경 옮김|사계절|2017

낮의 목욕탕과 술 구스미 마사유키|양억관 옮김|지식여행|2016

내 인생이다 김희경|푸른숲|2010

내 책 쓰는 글쓰기 명로진|바다출판사|2015

넨도(nendo)의 문제해결연구소 사토 오오키|정영희 옮김|컴인|2017

두 남자의 집짓기 이현욱·구본준|마티|2011

마이 코리안 델리 벤 라이더 하우|이수영 옮김|정은문고|2011

모두들 하고 있습니까 기타노 다케시|권남희 옮김|중앙북스|2014(절판)

무슨 영화를 보겠다고 회사에 다니나 오시이 마모루|박상곤|현암사|2015

배움의 발견 타라 웨스트오버|김희정|열린책들|2020

봉가봉가레코드의 지속가능한 딴따라질 봉가봉가레코드|푸른숲|2009

빌 브라이슨의 발칙한 유럽산책 빌 브라이슨|권상미|21세기북스|2008

사람에 대한 예의 권석천|어크로스|2020

삶을 바꾸는 책 읽기 정혜윤|민음사|2012

서재 결혼 시키기 앤 패디먼|정영목 옮김|지호|2001

숨결이 바람 될 때 폴 칼라니티|이종인 옮김|흐름출판|2016

신해철의 쾌변독설 신해철·지승호|부엔리브로|2008

심야식당 부엌 이야기 호리이 켄이치로|아베 야로 그림|강동욱 옮김|미우|2010

아직 오지 않은 소설가에게 마루야마 겐지|김난주 옮김|바다출판사|2019

어른 없는 사회 우치다 타츠루|김경옥 옮김|민들레|2016

어쩌다 어른 이영희|스윙밴드|2015

여행할 권리 김연수|창비|2008

대도시의 사랑법　박상영 | 창비 | 2019

더 포스 1, 2　돈 윈슬로 | 박산호 옮김 | 위즈덤하우스 | 2018

마션　앤디 위어 | 박아람 옮김 | 알에이치코리아 | 2015

바깥은 여름　김애란 | 문학동네 | 2017

사기꾼　존 그리샴 | 안종설 옮김 | 문학수첩 | 2013(절판)

색채가 없는 다자끼 스쿠루와 그가 순례를 떠난 해　무라카미 하루키 | 양억관 옮
   김 | 민음사 | 2013

셜록 홈즈의 7퍼센트 용액　니콜라스 메이어 | 정태원 옮김 | 시공사 | 2009(절판)

소프트웨어 객체의 생애 주기　테드 창 | 김상훈 옮김 | 북스피어 | 2013(절판)

쇼를 하라　김태희·정수현 | 문학사상사 | 2008

숨　테드 창 | 김상훈 옮김 | 엘리 | 2019

시인　마이클 코넬리 | 김승욱 옮김 | 알에이치코리아 | 2015

13.67　찬호께이 | 강초아 옮김 | 한스미디어 | 2015

안녕 주정뱅이　권여선 | 창비 | 2016

애널리스트　존 카첸바크 | 나선숙 옮김 | 북스캔 | 2007(절판)

여자 없는 남자들　무라카미 하루키 | 양윤옥 옮김 | 문학동네 | 2014

외과의사　테스 게리첸 | 박아람 옮김 | 랜덤하우스코리아 | 2007

운명의 날 상,하　데니스 루헤인 | 조영학 옮김 | 황금가지 | 2010

1Q84 1~3　무라카미 하루키 | 양윤옥 옮김 | 문학동네 | 2009

제노사이드　다카노 가즈아키 | 김수영 옮김 | 황금가지 | 2012

편의점 인간　무라타 사야카 | 김석희 옮김 | 살림 | 2016

플로리다　로런 그로프 | 정연희 옮김 | 문학동네 | 2020

하우스 오브 카드 1~3　마이클 돕스 | 김시현 옮김 | 푸른숲 | 2015(절판)

하지현의 《정신과 의사의 서재》는 책들로 빼곡한 책이다. 인문학과 소설이, 전공 서적과 베스트셀러가 한데 어울려 있는 서재에 방문한 느낌이다. 머물수록 정갈함이 느껴지는 이유는 작가가 책의 매 장마다 걸맞은 책들을 비치해두었기 때문이다. 책으로 '적재적소'를 실천한 셈이다. "무슨 책을 읽어야 하지?"라는 질문은 "책을 왜 읽어야 하지?"로 이어지고 종래에는 어떤 책이 '내 것'이 된다는 것의 의미를 곱씹게 된다. 지금껏 내게 스며든 책들을 가만히 떠올려보게 됨은 물론이다. 책과 사랑에 빠지는 일은 운명 같지만, 이 사랑이 유지되기 위해서는 무엇보다 진드근한 태도가 필요하다. 책을 제대로 사랑할 줄 아는 귀한 성실이, 페이지마다 가득하다.

—오은(시인)

자신의 부끄러운 흑역사를 고백하는 용기는 아무한
테나 주어지는 축복이 아니다. 그런데 하지현 작가는 그런 드문 용
기를 지니고 있다. 지식 배틀을 하며 '잘난 척하기'의 대향연을 벌
이던 학창 시절 이야기, '옥수동 독서일기'라는 블로그를 운영하며
익명의 안락함 속에서 타인의 책에 대한 신랄한 악평을 마음껏 써
내려가던 '무명 블로거 시절' 이야기. 그 모두가 독자의 폭소를 유
발하며, 동시에 따스한 감동을 느끼게 해준다. 그는 '흑역사'라고
주장하지만 실은 '독서광 하지현 작가'의 빛나는 현재를 있게 한,
사랑스런 그림자의 시절이었다.

　　이토록 매력적인 비밀과 유쾌한 폭소로 가득 찬 정신과 의사의
서재라니. 타인의 마음을 아주 오랫동안 깊이 들여다보아야만 느
낄 수 있는 인간 정신의 보물창고가 이 풍요로운 정신과 의사의 서
재에 그득하다. 분야를 가리지 않고 온갖 책들을 신명 넘치게 종횡
무진하는 하지현 작가의 서재에는 우리가 그토록 숨기고 싶어 하
는 온갖 트라우마의 비밀들, 그리고 마침내 우리 정신의 자유와 해
방을 가능케 하는 온갖 치유의 열쇠꾸러미가 빼곡하게 들어차 있
다. 이 책을 읽으며 깨달았다. 훌륭한 독서광의 글은 그 자체로 향
기로운 북큐레이션이 될 수 있음을. 상처 입은 마음을 누구에게도
고백하지 못하는 당신에게, 정신과 의사 하지현의 북큐레이션 선
물세트를 추천한다.

　　　　　　　　　　　　—정여울(작가, 《상처조차 아름다운 당신에게》 저자)

정신과 의사의 서재

흔들리지 않고 마음의 중심을 잡는 책 읽기의 힘

초판 1쇄 2020년 11월 16일
초판 3쇄 2021년 1월 10일

지은이 | 하지현

발행인 | 문태진
본부장 | 서금선
책임편집 | 박은영   편집 4팀 | 박은영 허문선

기획편집팀 | 이정아 김예원 정다이 오민정 송현경 박지영 김다혜   저작권팀 | 정선주
마케팅팀 | 김동준 이재성 김혜민 김은지 정지연   디자인팀 | 김현철
경영지원팀 | 노강희 윤현성 정헌준 조샘 최지은 김기현
강연팀 | 장진항 조은빛 강유정 신유리

펴낸곳 | ㈜인플루엔셜
출판신고 | 2012년 5월 18일 제300-2012-1043호
주소 | (06040) 서울특별시 강남구 도산대로 156 제이콘텐트리빌딩 7층
전화 | 02)720-1034(기획편집) 02)720-1024(마케팅) 02)720-1042(강연섭외)
팩스 | 02)720-1043   전자우편 | books@influential.co.kr
홈페이지 | www.influential.co.kr

ⓒ 하지현, 2020

ISBN 979-11-89995-29-7 (03800)